खड़िया का घेरा

बर्टोल्ट ब्रेष्ट

अनुवादक

कमलेश्वर

राधाकृष्ण पेपरबैक्स में
पहला संस्करण : 2021
दूसरा संस्करण : 2025

राधाकृष्ण पेपरबैक्स : उत्कृष्ट साहित्य के जनसुलभ संस्करण

राधाकृष्ण प्रकाशन प्राइवेट लिमिटेड
जी-17, जगतपुरी, दिल्ली-110 051
द्वारा प्रकाशित

शाखाएँ : अशोक राजपथ, साइंस कॉलेज के सामने, पटना-800 006
पहली मंजिल, दरबारी बिल्डिंग, महात्मा गांधी मार्ग, प्रयागराज-211 001
1, अनमोल सोराबजी संतुक लेन, धोबी तलाव, मरीन लाइंस, मुम्बई-400 002
वेबसाइट : www.radhakrishnaprakashan.com
ई-मेल : info@radhakrishnaprakashan.com

बी.के. ऑफसेट
नवीन शाहदरा, दिल्ली-110 032
द्वारा मुद्रित

मूल्य : ₹250

KHARIA KA GHERA
Play by Bertolt Brecht

ISBN : 978-93-91950-14-9

बर्टोल्ट ब्रेष्ट

जर्मन नाटककार, कवि, निर्देशक बर्टोल्ट ब्रेष्ट का जन्म 10 फरवरी, 1898 को हुआ था। उनकी ज़िन्दगी और साहित्य का अहम मक़सद था—अमर शान्ति का पैगाम और उसका प्रचार।

ब्रेष्ट ने पहले विश्वयुद्ध में एक मेडिकल टीम के सदस्य के रूप में भाग लिया, परन्तु युद्ध की मारकाट, तबाही और बर्बादी ने उनके मन पर गहरा असर छोड़ा। उन्होंने 1918 में अपनी पहली कविता *लीजेंड ऑव द डेड सोल्जर* लिखी और चौबीस वर्ष की आयु में पहला नाटक *ड्रम्स इन द नाइट* लिखा।

उन्होंने *बाल* (1919), *इन द जंगल ऑव सिटीज* (1923) और *मैन इक्वल्स मैन* (1925) में एक नई नाट्य-प्रस्तुति का प्रयोग किया जो दर्शकों को नाटक के कथ्य से भावनात्मक रूप में जुड़ने से रोकता था। अपने नाटकों *ही हू सेज़ यस* (1929) और *ही हू सेज़ नो* (1930) में उन्होंने यह सवाल उठाया कि क्या क्रान्ति के लिए व्यक्ति की बलि दी जा सकती है। *दि एक्सेप्शन एंड द रूल* में वर्गभेद द्वारा मानव-शोषण का मुद्दा उठाया गया है। पहली प्रस्तुति पर सफलता *द थ्री पेनी ओपेरा* (1928) से मिली थी।

हिटलर के बढ़ते प्रभाव के कारण वह 1933 में जर्मनी से फ़रार हो गए और देशाटन के बाद 1941 में अमरीका पहुँचे। विदेश प्रवास में उन्होंने *ए लाइफ़ ऑव गैलीलियो, मदर करेज एंड हर चिल्ड्रेन, द गुड वुमन ऑव सेत्जुआन, द रेसिस्टिबल राइज़ ऑव आर्टोरो ओई* तथा *द कॉकेशियन चॉक सर्किल* जैसे कालजयी नाटकों की रचना की।

निधन : 14 अगस्त, 1956

कमलेश्वर

कमलेश्वर का जन्म उत्तर प्रदेश के मैनपुरी में 6 जनवरी, 1932 को हुआ था। प्रारम्भिक पढ़ाई के पश्चात् कमलेश्वर ने इलाहाबाद विश्वविद्यालय से परास्नातक की परीक्षा उत्तीर्ण की।

कमलेश्वर ने कहानी, उपन्यास, पत्रकारिता, स्तम्भ-लेखन, फ़िल्म पटकथा जैसी अनेक विधाओं में अपनी लेखन-प्रतिभा का परिचय दिया। उन्होंने कई हिन्दी फ़िल्मों के लिए पटकथाएँ लिखीं तथा भारतीय दूरदर्शन शृंखलाओं के लिए 'दर्पण', 'चन्द्रकान्ता', 'बेताल पच्चीसी', 'विराट युग' आदि लिखे।

प्रकाशित कृतियाँ : *राजा निरबंसिया, क़स्बे का आदमी, मांस का दरिया, खोई हुई दिशाएँ, बयान, जॉर्ज पंचम की नाक, आज़ादी मुबारक, कोहरा, कितने अच्छे दिन, मेरी प्रिय कहानियाँ, मेरी प्रेम कहानियाँ* (कहानी-संग्रह); *एक सड़क सत्तावन गलियाँ, डाक-बंगला, तीसरा आदमी, समुद्र में खोया हुआ आदमी, लौटे हुए मुसाफ़िर, काली आँधी, वही बात, आगामी अतीत, सुबह दोपहर शाम, एक और चन्द्रकान्ता, कितने पाकिस्तान, पति पत्नी और वह* (उपन्यास); *अधूरी आवाज़, चारुलता, रेगिस्तान, कमलेश्वर के बाल नाटक* (नाटक); *खंडित यात्राएँ, अपनी निगाह में* (यात्रा-संस्मरण); *जो मैंने किया, यादों के चिराग़, जलती हुई नदी* (आत्मकथ्य); *नई कहानी के बाद, मेरा पन्ना, दलित साहित्य की भूमिका* (आलोचना); *मेरा हमदम : मेरा दोस्त तथा अन्य संस्मरण, समानान्तर-1, गर्दिश के दिन, मराठी कहानियाँ, तेलगू कहानियाँ, पंजाबी कहानियाँ, उर्दू कहानियाँ* (सम्पादन)।

सम्मान/पुरस्कार : 'पद्मभूषण' और *कितने पाकिस्तान* के लिए 'साहित्य अकादेमी पुरस्कार' से सम्मानित।

निधन : 27 जनवरी, 2007

ब्रेष्ट हिन्दी में :
एक अनुवाद जो समाप्त नहीं हो पाता...

'काकेशन चॉक सर्किल' नाटक भारतीय प्रबुद्ध समाज के लिए नया नहीं है। उर्दू में इसका एक अनुवाद पहले भी हो चुका है, 'सफ़ेद कुंडली' के नाम से। यह अनुवाद मंचस्थ भी हुआ था। अंग्रेजी में भी यह नाटक दिल्ली के 'आइफैक्स हाल' में खेला जा चुका है और काफी सफल रहा था। जब यह नाटक अंग्रेजी में करने की तैयारियाँ हो रही थीं, तब मैं, ब्रेष्ट में रुचि होने के कारण, रिहर्सलों में जाता रहता था—सिर्फ यह देखने के लिए कि निर्देशक इस कठिन नाटक को किस तरह प्रस्तुत करने जा रहे हैं। अंग्रेजी में प्रस्तुत करनेवाली मंडली में कुछ लोग ऐसे भी थे, जिन्होंने बर्लिन में इसके प्रदर्शन को देखा था। वे बहुत उत्साहित थे। लेकिन उन्हीं लोगों के दिमाग में यह भी था कि 'काकेशन चॉक सर्किल' को हिन्दी में भी होना चाहिए।

शिवेन्द्र सिन्हा, जो कि उसमें कथा-गायक का पार्ट कर रहे थे, चाहते थे कि नाटक का अनुवाद हिन्दी में किया जाए, पर उस समय 'काकेशन चॉक सर्किल' का अनुवाद करने का एक ही कारण था—कि हम अपने को विश्व नाट्य-चेतना की ओर इस बहाने भी फिर अभिमुख करें, यह जानते हुए भी इसका हिन्दी में मंचन होना असम्भव ही होगा। उस समय हम लोगों ने तीन-चार बार इस नाटक का पाठ किया था—यानी इसके अनुवाद का बीज उसी समय पड़ गया था। फिर मैं ब्रेष्ट के अन्य नाटक भी प्राप्त करके पढ़ता रहा। 'काकेशन चॉक सर्किल' का अनुवाद करने के लिए यह जरूरी था कि ब्रेष्ट को अधिक-से-अधिक जानने की कोशिश की जाए।

'द थ्री पैनी ऑपेरा', 'द ट्राइल ऑफ लोकुलस', 'मदर करेज', 'द गुड वुमन ऑफ सेंटजुआन,' 'द लाइफ ऑफ गैलीलिओ' तथा उनकी कविताएँ भी उसी क्रम में पढ़ी गईं। फिर कुछ वर्षों का व्यवधान आया और 'काकेशन चॉक सर्किल' का अनुवाद कार्यक्रम से हट गया।

शायद इसका कारण यह भी था कि उस समय हिन्दी में कोई ऐसा ग्रुप नहीं था, जो इसके मंचन का भार उठाता, या इसके पाठ में ही रुचि लेता। होता यही है कि जब आपके आसपास किसी विशिष्ट विधा का सक्रिय वातावरण नहीं होता, तो स्वभावतः चीजें टलती जाती हैं। उस समय यह भी आश्वासन नहीं था कि अनुवाद प्रकाशित भी

हो पाएगा। उर्दू अनुवाद 'सफ़ेद कुंडली' अभी तक प्रकाशन का मुँह नहीं देख पाया।

अनुवादों के लिए यह जरूरी है कि कम-से-कम एक आश्वासन अनुवादक के पास हो—कि या तो वह मंच पर प्रस्तुत किया जाएगा, या वह प्रकाशित हो जाएगा; कि कभी कोई मंडली उसे पढ़ सके और उसके मंचस्थ होने की सम्भावना बनी रहे।

उस समय (सन् '59 में) यह दोनों ही आश्वासन नहीं थे। फिर भी अनुवाद की बात सोची गई, क्योंकि (कुछ दिनों के लिए) दिल्ली में रंगमंच का काफी सक्रिय वातावरण विद्यमान था—और वह वातावरण भी काफी प्रेरक था। फिर सब बिखर गया और इस नाटक का अनुवाद रह गया। शायद एक वजह और भी थी कि नाटक को बौद्धिक रूप से पसन्द करते हुए भी जो उत्प्रेरक शक्ति भीतर से फूटती है, वह अनुपस्थित थी। यानी जब कोई रचनाकार अपनी बात कहने का कोई तरीका नहीं देख पाता, तो बहुत बार वह उन स्वरों को रेखांकित करने की बात सोचता है जो उसके समय, इतिहास और परिवेश पर आघात कर सकें—सृजनात्मक अनुवादों के पीछे 'रेखांकित कर सकने' की यह आवश्यकता शायद हमेशा ही रही है।

सन् '58-59 में जिस इतिहास और वर्तमान का सामना भारतीय मानस कर रहा था, वह इतना जघन्य और भ्रष्ट नहीं था कि उसके लिए ब्रेष्ट के शब्दों से काम लिया जाता। हाँ, जो कुछ ब्रेष्ट ने कहा था—उसकी ओर नजर दौड़ने लगी थी और यह लगने लगा था कि ब्रेष्ट के शब्दों की जरूरत हमें पड़ेगी। चाहे फिर वह कोई भारतीय नाटककार होगा जो शब्द देगा या फिर ब्रेष्ट को ही भारतीय सन्दर्भ में रेखांकित करना पड़ेगा।

लेकिन यह सचमुच मालूम नहीं था कि ब्रेष्ट के शब्दों की जरूरत इतनी जल्दी पड़ जाएगी। छः-सात वर्षों के बीतते-न-बीतते यह लगने लगा कि अब बहुत जरूरी हो गया है इसका अनुवाद।

राजनीति ने जो रंग भारतीय प्रजातन्त्र में बदला और जो दिमागी बदअमनी, बेचैनी, बदहवासी और घबराहट पैदा की; जिस तरह से शासन-तन्त्र भ्रष्ट और बेशर्म हो गया, सत्तासम्पन्न राजनीतिक व्यक्तियों ने जिस तरह जनता को धोखा दिया—कि एक महा-मोहभंग का दृश्य उपस्थित हो गया। सन् '62 में चीनी आक्रमण के समय उन दीमकों का पता चला, जिन्होंने अपने स्वार्थ के लिए भीतर-ही-भीतर देश को खोखला कर दिया था।

शायद जितनी चोट अजदक करता है, उतनी कोई भारतीय पात्र भी नहीं करता। जब प्रहसनात्मक स्थिति में अजदक चाचा काजबेकी पर चोट करते हुए कहता है— '...लड़ाई में हार हुई पर राजकुमारों की नहीं। राजकुमारों ने अपनी लड़ाई जीत ली है। अड़तीस लाख तिरेसठ हजार पियास्तर राजकुमारों ने उन घोड़ों के नाम पर खाए हैं, जो फौज को पहुँचाए नहीं गए ! और बयासी लाख चालीस हजार उस रसद के नाम पर...'

एकाएक यहाँ नेफा की लड़ाई याद आती है...जहाँ रसद और जीपें नहीं पहुँचीं।

जहाँ पुल चरमराकर टूट गए। सड़कें पानी में बह गईं और हमारी फौजों को हारना पड़ा, जहाँ मन्त्रियों, ठेकेदारों और उनके मुसाहिबों ने चाचा काजबेकी तरह भारतीय जनता को छला था।

या फिर वह प्रसंग याद आता है, जहाँ जान के लाले पड़े हैं। गवर्नर के महल को विद्रोहियों ने घेर लिया है। गवर्नर मारा जा चुका है। हर आदमी अपनी जान लिए भाग रहा है और उस आपाधापी में गवर्नर की बीवी भागने की तैयारी करते हुए भी यह बोल रही है—'वह रेशमी पोशाक भी रखो...वह हरीवाली...हाँ-हाँ, वह समूर की गोटवाली भी...यह मोतियों के बटनवाली भी...अरे मेरी ज़री की वास्कट कहाँ है ? हाँ, और सोनेवाले कमरे से मेरी केसरिया चप्पलें ले आओ, हरी पोशाक के साथ उनकी जरूरत पड़ेगी...'

हत्या, मार-काट और राजनीतिक षड्यन्त्र तथा विघटन के बीच जब गवर्नर की बीवी यह कहती है तो एक विद्रूप और भयानक विसंगति की स्थिति सामने आती है...और तब हमें अपने इतिहास का वह क्षण याद आता है जब पाकिस्तान से भाग-भागकर शरणार्थी लाखों की संख्या में देश में आ रहे थे। उन्हें बसाने और खिलाने के लिए देश एक-एक पाई दाँत से पकड़ रहा था और तब मास्को में भारत की महिला राजदूत अपने निवास और दूतावास को सजाने के लिए लाखों का फर्नीचर इंग्लैंड से मँगवा रही थीं, कालीन ईरान से आ रहे थे, क्योंकि उन्हें रूसी फर्नीचर पसन्द नहीं था।

न्याय, स्वतन्त्रता, समानता आदि के मूल्यों का जो विघटन प्रजातन्त्र में हुआ या प्रजातन्त्र के नाम पर हुआ, उसका ज्वलन्त प्रतीक अजदक बन गया—यद्यपि उसका एक पहलू—सर्वहारा की सत्तावाला—और भी है, जिसकी मार दोहरी है।

'काकेशन चाक सर्किल' जिस तरह की, और जिस संक्रान्ति की दुनिया हमारे सामने पेश करता है—उसकी अनुगूँज हमें अपने इतिहास और वर्तमान में मिलने लगती है। इस नाटक में वे सामन्त हैं जो सर्वहारा की क्रान्ति को कुचल देना चाहते हैं...हमारे यहाँ सत्ताधारी राजनीतिज्ञों का वर्ग है, जो जानता के नाम पर अपनी सत्ता को स्थापित कर रहा है। नाटक के काजबेकी, काजबेकी का भतीजा, डॉक्टर, किसान और स्वयं अजदक—कहीं-न-कहीं हमें और हमारी स्थितियों को मूर्तिमान करते दिखाई देते हैं।

भ्रष्टाचार, पतन, मूल्यहीनता, अवसरवादिता, पदलोलुपता, जनता के नाम पर जनता का शोषण, न्यायहीनता और अन्धापन—जो इस नाटक में व्याप्त हैं, वे भारतीय प्रजातन्त्र के सन्त्रास को भी उजागर कर रहे हैं। संस्थाओं, वर्गों और व्यक्तियों के नाम दूसरे हैं पर जनता एक ही तरह से अभिशप्त और सन्त्रस्त है।

संक्रान्ति और सन्ताप का जो अनुभव यह नाटक देता है, वही आज के भारतीय का जीवन-अनुभव भी है। यही कारण है कि 'काकेशन चॉक सर्किल' के अनुवाद की बात कई जगहों पर सुनाई दी। एक अनुवाद तो दस दिनों के अन्दर सम्पन्न किया गया। इत्तफाक से वह भी उर्दू अनुवाद ही था।

यहाँ पर सवाल भाषा-विशेष का नहीं है। उर्दू और हिन्दी का भी नहीं है। सवाल

सिर्फ नाटक की भाषा का है। नाटक हिन्दी या उर्दू का नहीं होता—वह अपने समय का होता है, और वही भाषा उसे वहन कर पाती है जो समय को वाणी दे रही होती है, यानी जिसका मुहावरा समय गढ़ता है और जो समय के गढ़े हुए मुहावरे को जीवित रखती है। ब्रेष्ट के इस नाटक के अनुवाद में सबसे बड़ी कठिनाई भाषा की थी। एक तरह से कहें तो ब्रेष्ट की भाषा इतनी 'प्राकृतिक' है कि उसे बाँधना या रूपायित करना असम्भव है ! (वह भी तब जब कि वह अंग्रेजी में बँधकर बहुत कुछ अपनी मौलिकता खो चुकी होगी।) पर यहीं पर निकट अतीत के इतिहास और वर्तमान ने मदद की। यानी जिस तत्त्व ने इसे हिन्दी में लाने की प्रेरणा दी, वही तत्त्व या मानसिकता इसकी भाषा की खोज में भी सहायक हुई।

लेकिन यह भी आसान नहीं था। ब्रेष्ट की भाषा एक साथ चार-चार, पाँच-पाँच स्तरों पर चलती है। वह बाजारू और चलताऊ भाषा से एकाएक बहुत शुद्धता और शास्त्रीयता के स्तर पर संक्रमित हो जाती है। इतिहासगत मुहावरों में चलते-चलते एकाएक आधुनिक बोध के साथ जुड़ जाती है। यह झटका बर्दाश्त कर लेना और नाटक की गति में क्षति न पहुँचना—एक बड़ी चुनौती है, जो हर उस लेखक को झेलनी पड़ेगी जो ब्रेष्ट का कभी भी अनुवाद करेगा।

शायद यही कठिनाई बेंटले ने भी अनुभव की थी। ब्रेष्ट को अंग्रेजी में रूपायित करते समय बेंटले ने कहा है—'शायद हर अच्छे विदेशी नाटक का पहला अनुवाद बहुत शाब्दिक होना चाहिए। पहले इसी शाब्दिक अनुवाद को प्रकाशित किया जाना चाहिए। इसके बाद जो प्रयास किए जाएँ वे अर्थधर्मी हो सकते हैं, या फिर रूपान्तरण को प्रश्रय दिया जाए।'

बेंटले ने ब्रेष्ट के साथ रहकर कुछ अनुवाद किए थे। यह श्रेय भी बेंटले को प्राप्त है कि अंग्रेजी के लिए उन्होंने ही ब्रेष्ट को 'खोजा' था। कुछ नाटकों के अंग्रेजी अनुवाद पर बेंटले और ब्रेष्ट ने साथ-साथ काम भी किया है। और अपने इस सान्निध्य के आधार पर ही शायद बेंटले ने यह भी लिखा है कि ब्रेष्ट स्वयं शाब्दिक अनुवादों के पक्ष में थे। बेंटले के अनुसार 'ब्रेष्ट का कहना था कि नाटकों का प्रकाशन के लिए अनुवाद शाब्दिक हो, इसमें कोई बुराई नहीं है, उन्हें मंचस्थ किए जाते समय बदला जा सकता है—यहाँ तक कि उनका रूपान्तरण भी किया जा सकता है !'

बेंटले के इस वक्तव्य को बहुतों ने स्वीकार नहीं किया है। ब्रेष्ट, जो कि बेंटले के अनुवादों में एक-एक शब्द के लिए बहस करते रहे हैं—यदि शाब्दिक अनुवाद की बात स्वीकार करते होते, तो क्यों मेहनत करते ! ब्रेष्ट जैसा चेतना-सम्पन्न सर्जक अपने शब्दों और अर्थों के प्रति इतना 'उदासीन' हो सकता है—यह बात मैं स्वीकार नहीं कर पाया। अतः ब्रेष्ट के एक सम्माननीय अनुवादक बेंटले की राय मैंने अपने लिए उपयुक्त नहीं पाई। अनुवाद करने से पहले मैं सुविधा के लिए ब्रेष्ट के अंग्रेजी अनुवादकों की दृष्टि और प्रक्रिया को समझ लेना चाहता था; ताकि मुझे कुछ मदद मिल सके।

जब मैंने अपनी दृष्टि से अनुवाद शुरू किया तो एक दिन बेंटले द्वारा अंग्रेजी में

अनूदित ब्रेष्ट के दो नाटकों का एक संग्रह फिर हाथ आ गया। नाटकों को पढ़ने से पहले मैंने भूमिका पढ़ी और मैं फिर चक्कर में पड़ गया। बेंटले की जिस अनुवाद-प्रक्रिया से मैं अपने को सहमत नहीं कर पाया था, उसने फिर शंका उपस्थित कर दी। कारण यह था कि बेंटले ने जगह-जगह ब्रेष्ट के साक्ष्य को प्रस्तुत किया है।

'द गुड वुमन ऑफ सेंटजुआन' के अंग्रेजी अनुवाद के बारे में बेंटले महोदय कहते हैं—'मैंने तब शाब्दिक अनुवाद को एक ओर रख दिया, क्योंकि उसका मंचन होना था। मंच पर प्रस्तुत किए जाने के लिए जो अनुवाद तैयार हुआ, प्रकाशकों ने उसे ही प्रकाशित करना ज्यादा उचित समझा। पाठकों, दर्शकों और निर्देशकों ने भी इस दूसरे 'वर्शन' को ज्यादा पसन्द किया। 'फोनिक्स थिएटर' (न्यूयार्क, 1956) के प्रस्तुतीकरण के लिए मैंने किताबी अनुवाद को बिल्कुल रद्द कर दिया। मैंने दुबारा जर्मन से अनुवाद किया...ऐसा अनुवाद जो कतई नया था और मंच के अनुकूल था। इन दोनों अनुवादों का अन्तर स्पष्ट देखा जा सकता है। 1956 में किया गया यह दूसरा अनुवाद ('फोनिक्स थिएटर' के प्रस्तुतीकरण के लिए) एक तरह से रूपान्तरण ही है; क्योंकि इसमें बहुत-से प्रसंगों को निकला दिया गया है, कुछ को जान-बूझकर छोड़ दिया गया है, और कुछ को बदला गया है। सौभाग्य से ब्रेष्ट उस समय जीवित थे जब यह सब किया गया, और जब मैं ब्रेष्ट से अन्तिम बार (सन् 1956 में) मिला तो उन्होंने सिद्धान्ततः इस रूपान्तरण की आवश्यकता को स्वीकार किया था (एक-एक पंक्ति को देखने में उनकी रुचि भी नहीं थी और शायद वे उस समय इस योग्य भी नहीं थे कि देख पाते)।'

ब्रेष्ट की इस सहमति ने मुझे एक बार फिर शंकाग्रस्त कर दिया। यदि ब्रेष्ट रूपान्तरण के पक्ष में थे और उसे स्वीकारते थे, तब तो हिन्दी में इसे रूपान्तरित करने के कई ठोस कारण भी थे। सबसे प्रमुख कारण तो इसकी मूल बोधकथा ही है। ब्रेष्ट ने इसे चीनी वाङ्मय से उठाया है। भारतीय वाङ्मय में इस बोधकथा का रूप ही दूसरा है। अर्थ की दृष्टि से भारतीय कथा मातृत्व की ज्वलन्त कहानी है—राजा को न्याय करना है कि बच्चे की असली माँ कौन है। वह दोनों औरतों की परीक्षा लेने के लिए आज्ञा देता है कि बच्चा को बीच से चीर दिया जाए और बच्चे के लिए झगड़नेवाली दोनों औरतों को आधा-आधा बच्चा दे दिया जाए। जब राजा यह कहता है तो बच्चे की असली माँ चीख पड़ती है कि बच्चे को न चीरा जाए, क्योंकि उसके लिए बच्चे का जीवित रहना ज्यादा महत्त्वपूर्ण है और राजा इस आधार पर सच्चे मातृत्व की परख कर लेता है और बच्चा असली माँ को मिल जाता है।

यदि बेंटले महोदय द्वारा दिए गए ब्रेष्ट के साक्ष्य को आधार बनाया जाता है तो हिन्दी या भारतीय भाषाओं में इसका 'रूपान्तरण' वह रूप ले सकता है, जो यहाँ के वाङ्मय की बोधकथा का है।

भारतीय नाट्य संहिता के अनुसार भी 'प्रख्यात' कथानक को ही चुना जाना चाहिए, 'उत्पाद्य' को नहीं। ब्रेष्ट (यदि उन्होंने रूपान्तरण की महत्ता को सचमुच सिद्धान्ततः स्वीकार किया है तो), बेंटले और भरतमुनि के आधार पर यदि 'प्रख्यात'

कथानक को यहाँ स्वीकार किया जाता तो नाटक का मूल कथ्य ही विचलित हो जाता।

अतः ब्रेष्ट के नाटक (अंग्रेजी अनुवाद के आधार पर) के साथ कोई भी छूट लिए बगैर यहाँ यही कोशिश की गई है कि यह अनुवाद अंग्रेजी आधार (जेम्स व टानिया स्टर्न द्वारा डब्ल्यू.एच. ऑडन के सहयोग से प्रस्तुत अनुवाद) के निकटतम भी रहे और 'अपनेपन' से स्खलित भी न हो।

इस अनुवाद को करते समय मेरा प्रगाढ़ परिचय एक बार फिर अपनी भाषा से हुआ। मेरी अपनी कमी भाषा की कमी नहीं है, क्योंकि मैंने जितनी बार उस अनुवाद को पढ़ा, उतनी बार जगह-जगह और शब्द स्वतः चलते चले आए। यानी अंग्रेजी आधार के निकटस्थ पहुँच जाने से यह अनुवाद समाप्त नहीं हो गया है। हर बार शब्दों की जगह और शब्द उभर आते हैं और मुझे लगता है कि मेरा यह अनुवाद कभी 'समाप्त' नहीं होगा।

प्रकाशन के लिए इसे इस जगह 'समाप्त-सा' मान लिया गया है, और कोई चारा भी नहीं था। अगर इसका ही दूसरा संस्करण हुआ तो बहुत-से वाक्य और शब्द बदल जाएँगे, बदलते जाएँगे।

कुछेक जगहों पर यह नाटक भाषा प्रयोग में 'साहस' की माँग भी करता है, ऐसे स्थलों पर व्यक्ति-अनुवादक के साहस की दुन्दुभि न बजाकर 'भाषा के साहस' को ही स्वीकारा गया है। वर्जनाओं को न मानते हुए भी मुझे ऐसा जरूर लगा है कि 'भाषा का साहस' ज्यादा बड़ा मूल्य है, क्योंकि उसमें शक्ति और अधिक होती है; व्यक्ति के साहस में शायद उत्तेजना ज्यादा होती है।

अन्त में केवल इतना ही और कि अजदक एक जगह शौवा से कहता है—

'बहुत दिनों मैंने तुम्हें बुद्धि और विवेक की इस्पाती लगामें लगाकर रखा...जिनसे तुम्हारा मुँह लहूलुहान हो गया। मैंने विचार-भरी बहसों के कोड़े तुम पर बरसाए और तर्कों से तुम्हारे साथ बदसलूकी की! तुम कुदरती तौर से एक कमजोर आदमी हो। अगर कोई चालाकी से दलीलों का फन्दा तुम्हारे ऊपर फेंक देता है तो तुम्हें उसे काट फेंकना चाहिए...तुम उसका विरोध या सामना नहीं कर सकते ! अपने से ऊँचे आदमी के जूते चाटने के लिए तुम आदत से मजबूर हो...पर ऊँचे आदमी भी तरह-तरह के हो सकते हैं...अब तुम्हारी आजादी आ रही है...तुम अपनी चाहों और इच्छाओं के मुताबिक चल सकोगे...वे चाहें और इच्छाएँ, जो बहुत छिछली और छिछोरी हैं। तुम अपनी उसी अचूक समझ-बूझ के सहारे चलोगे—जो तुम्हें बताती है कि जूते मार-मारकर लोगों के चेहरे टेढ़े और बदशकल कर दो...वह उलझनों और हलचलों का युग अब बीत गया है, पर वह महान युग अभी तक नहीं आया है...'

और फिर वह उस कानून की किताब को खोलकर देखता है, जिस पर आराम से बैठकर वह इन्साफ किया करता था और कहता है—

'मैंने गरीबी को उसकी काँपती कमजोर टाँगों पर खड़े होने में मदद दी है इसलिए

'वे' मुझे नशे में धुत्त रहने के जुर्म में फाँसी चढ़ा देंगे...मैं उनसे बचकर कहीं नहीं छुप सकता...इसलिए कि पूरी दुनिया मुझे जानती है, क्योंकि मैंने दुनिया की मदद की है।'

और इस दुनिया के लिए जिस महान युग की बात ब्रेष्ट सोचता है, वह यही है कि वह युग न यह ला पाएगा जो सत्ताधारी है, न यह ला पाएगा जो सत्ता की प्रतीक्षा में है...वह कोई तीसरा ही होगा जो उस युग को लाएगा !

—कमलेश्वर

पात्र

1

एक बूढ़ा किसान; एक किसान औरत (दाएँ)। एक किसान; एक जवान कामगार; एक बूढ़ा किसान; एक और किसान; एक किसान औरत (बाएँ)। मुखिया काश्तकार; ट्रैक्टर-ड्राइवर लड़की; एक घायल सिपाही; फार्म समुदायों के कुछ नुमाइन्दे (किसान); राजधानी से आया हुआ विशेषज्ञ; गायक अरकाडी शीद्से और उनके साथ के गायक साथी।

2

गायक और साथी; भिखारी और याचक; सिपाही; मोटा राजकुमार काजबेकी; गवर्नर की बीवी नताला आबाशविली; दो डॉक्टर; गवर्नर जार्जी आबाशविली; सैनिक-सहायक; ग्रूशा; साइमन; गवर्नर का नन्हा बेटा माइकेल; तीन शिल्पी; चार नौकरानियाँ—असिया, माशा, सुलीका और धाय मोटी नीना; बावर्चिन; एक साईस; राजधानी से आया हुआ घुड़सवार; महल के नौकर; गवर्नर और मोटा राजकुमार के सिपाही व हथियारबन्द।

3

दूधवाला बूढ़ा किसान; दो कुलीन महिलाएँ—(एक अधेड़, एक जवान); सरायवाला; सराय का नौकर; एक छोटा सैनिक-अधिकारी; एक घामड़ हथियारबन्द; एक सिपाही; देहातिन; देहाती (देहातिन का पति); ग्रूशा माइकेल। दो व्यापारी; व्यापारियों के साथ एक औरत।

4

लवरेंती; लवरेंती की बीवी अनीको (भाभी); साईस; सास; यूसप; पुरोहित अनास्तासियस; कुछ मेहमान; बूढ़ा किसान; तीन बाजेवाले; एक लम्बा लड़का; एक छोटी लड़की; एक मोटा लड़का; माइकेल; साइमन; ग्रूशा और ग्रूशा का पीछा करते हथियारबन्द।

5

अजदक; फरार (ड्यूक); शौवा (सिपाही); तीन हथियारबन्द; मोटा राजकुमार; उसका भतीजा; रोगी; लँगड़ा डॉक्टर; गुंडा; सरायवाला; सरायवाले की बहू लुडविका; साईस; कई देहाती; लुटेरा; बुढ़िया; गवर्नर की बीवी नताला आबाशविली और उसका वही सैनिक-सहायक।

6

ग्रूशा; बावर्चिन; साइमन शशावा; दो हथियारबन्द; अजदक; शौवा; सैनिक-अधिकारी; गवर्नर की बीवी; दो वकील; तीन देहाती; घुड़सवार; उसके साथ एक सैनिक-अधिकारी; एक बूढ़ा; एक बुढ़िया।

घाटी के लिए कशमकश

(काकेशिया का एक उजड़ा हुआ गाँव। खंडहरों के बीच, दो फार्म-समुदायों (खेतीबाड़ी के संयुक्त फार्म) के सदस्य घेरा बनाकर बैठे हैं। धूम्रपान और शराब चल रही है। ज्यादातर बूढ़े और औरतें हैं, कुछ फौजी भी साथ में हैं। संयुक्त-पुनर्निर्माण-आयोग का एक विशेषज्ञ भी उनके बीच है।)

एक किसान औरत : *(बाएँ, इशारा करती हुई)* वहाँ, उन पहाड़ियों में। तीन नाजी टैंक हमने रोके थे। पर सेबों का बगीचा तब तक तहस-नहस हो चुका था।

एक बूढ़ा किसान : *(दाएँ)* और हमारा वह खूबसूरत डेरीफार्म ! वह भी खाक हो गया।

ट्रैक्टर-ड्राइवर लड़की : कामरेड, उसे मैंने ही जला दिया था।

(अन्तराल)

विशेषज्ञ : अच्छा, अब रिपोर्ट सुनिए। गड़रियों के समुदाय 'गलिंस्क' के नुमाइन्दे नूखा पहुँच गए हैं। हिटलर की फौजें जब बढ़ रही थीं तब अधिकारियों ने उस फार्म-समुदायवालों को हुक्म दिया था कि वे अपनी बकरियों के रेवड़ और पूरब को हटा ले जाएँ। अब वे फार्म-समुदाय वाले इसी घाटी में फिर से बसना चाहते हैं। उनके नुमाइन्दों ने गाँव-मैदानों की छान-बीन की है, उनके मुताबिक तबाही बहुत ज्यादा हुई है। *(दाईं तरफ के नुमाइन्दे सिर हिलाते हैं)* पड़ोसी फल-उगानेवाले समुदाय 'रोजा लक्जमबर्ग' *(बाएँ को)* का कहना है कि गलिंस्क समुदाय की चरागाहोंवाली जमीन को अंगूर, सेब वगैरह के बाग लगाने के काम में लाया जाए, क्योंकि वहाँ घास छितरी-छितरी उगती है। पुनर्निर्माण-आयोग के विशेषज्ञ के नाते, दोनों फार्म-समुदायवालों से मेरा निवेदन है कि वे आपस में ही यह तय कर लें कि

'गलिंस्क' समुदायवाले यहाँ लौटकर आएँ, या न आएँ।

एक बूढ़ा आदमी : *(दाएँ)* सबसे पहले मेरा एतराज इस बात पर है कि बातचीत का समय बाँध दिया गया है। हम गलिंस्क समुदाय वालों ने सिर्फ यहाँ पहुँचने में तीन रातें और तीन दिन बरबाद किए हैं। और अब बातचीत के लिए हमें सिर्फ आधा दिन दिया जा रहा है।

एक घायल सिपाही : *(बाएँ)* कामरेड। अब न हमारे पास उतने गाँव हैं, न मेहनत करनेवाले उतने लोग हैं और न उतना वक्त ही हमारे पास है।

ट्रैक्टर-ड्राइवर लड़की : *(बाएँ)* हर इच्छा पर हमें राशनबन्दी करनी होगी। तमाखू पर राशन है, शराब पर है... और अब बातचीत पर भी।

बूढ़ा आदमी : *(दाएँ, आह भरकर)* इन फासिस्टों का बेड़ा गर्क हो।...हाँ तो अब मैं काम की बात पर आता हूँ, मैं आपको बताता हूँ कि हम अपनी घाटी क्यों वापस चाहते हैं। वजहें अहम हैं और कई हैं। मैं सबसे छोटी बात से बात शुरू करना चाहता हूँ। ऐ मकीनाये अबाकिद्ज़े—वह पनीर निकालना।

एक किसान औरत : *(दाएँ, एक झोले में से बहुत-सा पनीर निकालती है। पनीर कपड़े में लिपटा हुआ है। तालियाँ और खुशी-भरी हँसी)* कामरेड। शुरू करो...खुद इसमें से लेते जाओ।

एक बूढ़ा किसान : *(बाएँ, शक की निगाह से)* तो यह हमें रिश्वत दी जा रही है। क्यों...

बूढ़ा आदमी : *(दाएँ, हँसी के बीच)* कैसे ? रिश्वत कैसे ? सुराब, तू पूरा चोट्टा आदमी है। अरे हरेक को पता है कि तू पनीर तो खाएगा ही, घाटी भी डकार जाएगा ! *(हँसी)* पर देख, जवाब ईमानदारी से देना। पनीर पसन्द आया ?

बूढ़ा आदमी : *(बाएँ)* बहुत।

बूढ़ा आदमी : *(दाएँ)* हूँ *(तल्खी से)* मुझे पहले ही समझ लेना चाहिए था...तुझे पनीर की कोई तमीज नहीं है।

बूढ़ा आदमी : *(बाएँ)* क्यों ? कहा तो कि मुझे अच्छा लगा।

बूढ़ा आदमी : *(दाएँ)* गलत। अच्छा लगेगा कहाँ से। अब वह पहलेवाला पनीर कहाँ ! वजह ? बकरियों को पुरानी के मुकाबले यह नई घास पसन्द ही नहीं। पनीर वह पनीर नहीं, क्योंकि घास वह घास नहीं है, समझे ! यह बात रिपोर्ट में दर्ज कर ली जाए।

बूढ़ा आदमी : *(बाएँ)* पर पनीर तो लाजवाब है।

बूढ़ा आदमी : *(दाएँ)* लाजवाब-फाजवाब नहीं है। ठीक है, चलता है। असल में नया चरागाह किसी काम का नहीं है—ये लौंडे-लपाड़े चाहे जो कहें। मैं कहता हूँ, वहाँ रहा ही नहीं जा सकता। वहाँ की सुबहों में सुबह की वह महक ही नहीं है। *(कई लोग हँसते हैं।)*

विशेषज्ञ : हँसी का खयाल मत कीजिए। वे आपकी बात समझ गए हैं कामरेड। कोई अपने देश को क्यों प्यार करता है ? क्योंकि उसके अन्न में ज्यादा मिठास है, क्योंकि आकाश की ऊँचाइयाँ ही और हैं। हवाओं की महक दूसरी है। आवाजों में ताकत ही और है, चलें तो धरती की नरमी ही और है...है न ?

बूढ़ा आदमी : *(दाएँ)* सदियों से यह घाटी हमारी है।

सिपाही : *(बाएँ)* सदियों से ! क्या मतलब ? सदियों तक किसी का कुछ भी नहीं रहता। छोटे थे, तब तुम खुद अपने भी नहीं थे—राजकुमार काजबेकी के थे।

बूढ़ा आदमी : *(दाएँ)* कानूनन भी यह घाटी हमारी है।

ट्रैक्टर-ड्राइवर लड़की : कानून तो खैर फिर से जाँचे-परखे जाएँगे...देखना पड़ेगा कि उनमें अब भी दम है या नहीं।

बूढ़ा आदमी : *(दाएँ)* हूँ-ऊँ...बड़ी सीधी बात है न। ड्योढ़ी किनारे पेड़ कोई भी हो, तुम्हें क्या फरक पड़ता है ? पर उसके लिए पड़ता है, जो जनम से उसी एक पेड़ की छाया तले पला है। या वह जिन पड़ोसियों के बीच बड़ा हुआ है...क्यों, कोई फर्क नहीं पड़ता इससे ? तुम हमारे पड़ोसी रहो, हम सिर्फ इसीलिए फिर वापस आना चाहते हैं—समझे चोट्टो। हाँ हँसो, हँस सकते हो तो हँसो।

बूढ़ा आदमी : *(बाएँ, हँसते हुए)* अरे भई, तो फिर अपने पड़ोसी की बात ही सुनो। अपनी मुखिया काश्तकार कातोवाचतंग को भी घाटी के बारे में कुछ कहना है।

किसान औरत : *(दाएँ)* अपनी घाटी के बारे में जितना कुछ और जो कुछ कहना था, अभी हमने कहा ही कहाँ है ?...सब घर नेस्तनाबूद नहीं हो गए हैं। डेरी-फार्म की नींव की दीवार अब भी खड़ी है।

विशेषज्ञ : आप सरकारी मदद की माँग कर सकते हैं—यहाँ भी और वहाँ भी। समझे आप !

किसान औरत : *(दाएँ)* देखिए जनाब, हम कोई सौदा नहीं कर रहे हैं। मैं

आपकी टोपी लेकर बदले में दूसरी पकड़ा दूँ और कहूँ—यह बेहतर है—हो सकता है दूसरी बेहतर ही हो, पर आप अपनी ही टोपी ज्यादा पसन्द करेंगे।

ट्रैक्टर-ड्राइवर लड़की : हमारे लिए धरती का टुकड़ा कोई टोपी नहीं है...आपके यहाँ होता होगा।

विशेषज्ञ : गुस्सा थूक दीजिए। धरती का टुकड़ा भी हमारे लिए उस औजार की तरह ही होना चाहिए, जिससे हम फायदे की चीज पैदा करते हैं, ठीक है न। साथ ही यह भी सच है, और हमें मंजूर भी करना चाहिए कि किसी खास धरती के टुकड़े के लिए कहीं प्यार भी होता है। मेरी राय है कि आप लोग गलिंस्क-समुदायवालों को पहले यह बता दीजिए कि आप इस घाटी में, जो कि असल में झगड़े की जड़ है, क्या करना चाहते हैं, बहस उसके बाद जारी रह सकती है।

बूढ़ा आदमी : *(दाएँ)* ठीक है।

बूढ़ा आदमी : *(बाएँ)* हाँ-हाँ, कातो को बोलने दीजिए।

विशेषज्ञ : हाँ मुखिया काश्ताकार ! बोलिए...

मुखिया काश्तकार : *(फौजी वर्दी में है, उठकर)* पिछली सर्दियों में, कामरेड, जब हम यहीं इन्हीं पहाड़ियों में लड़ रहे थे, इनकी रक्षा के लिए—तब हमने यह सोच-विचार किया था कि जर्मनों को खदेड़ने के बाद हम अपने इन छोटे-छोटे बगीचों को दस गुना कैसे बनाएँगे। सिंचाई की मैंने योजना भी तैयार की है। पहाड़वाली झील पर सन्दूकनुमा एक बाँध बना दिया जाए, तो करीब आठ सौ एकड़ बंजर जमीन को सींचा जा सकता है। फलों की उपज बढ़ाने के साथ-साथ तब हम अंगूर भी उगा सकेंगे। यह योजना फायदेमन्द तभी साबित होगी जब विवादग्रस्त गलिंस्क-समुदाय के इलाके को भी इसमें शामिल कर लिया जाए। नाप-जोख और योजना यह रही। *(एक छोटा-सा पुलिंदा वह विशेषज्ञ को पकड़ा देती है।)*

बूढ़ा आदमी : *(दाएँ)* रिपोर्ट में यह भी दर्ज कीजिए कि हम खेतघर भी बनाना चाहते हैं।

ट्रैक्टर-ड्राइवर लड़की : कामरेड, इस योजना की रूपरेखा उन दिनों में बनी थी जब हमें जान बचाने के लिए पहाड़ों में छुपना पड़ता था। जब थोड़ी-सी बन्दूकों के लिए भी हमारे पास कारतूस नहीं होते थे। एक पेंसिल तक मुश्किल से मिलती थी। *(दोनों ओर*

से तालियाँ)

बूढ़ा आदमी : *(दाएँ)* हम 'रोजा लक्जमबर्ग' के साथियों को धन्यवाद देते हैं और उन सभी को—जिन्होंने देश की रक्षा की। *(सब हाथ मिलाते हुए गले मिलते हैं।)*

किसान औरत : *(बाएँ)* हम यही मानते थे कि हमारे सिपाही—अपने दोनों समुदायों के सिपाही, जब लौटें तो उन्हें और भी ज्यादा आरामदेह और उपजाऊ घर-धरती नसीब हों।

ट्रैक्टर-ड्राइवर लड़की : कवि मायकोवस्की ने भी यही कहा है—सोवियत जन का घर न्याय और विवेक का घर भी होगा। *[दाईं ओर के नुमाइन्दे (बूढ़े को छोड़कर) उठ खड़े हुए हैं। विशेषज्ञ भी खड़े-खड़े मुखिया काश्तकार की योजना देख रहा है। बीच-बीच में कुछ जुमले सुनाई पड़ते हैं—'यह 66 फीट की खाई यहाँ क्यों होगी ?'—'यह चट्टान बारूद से उड़ानी पड़ेगी'—'खास जरूरत सीमेंट और बारूद की पड़ेगी'—'पानी यहाँ गिराया जाएगा—यह अक्लमन्दी की बात है।]*

एक जवान कामगार : *(दाएँ, दाईं ओर वाले बूढ़े से)* एल्लेको ! देखो, देखो तो, पहाड़ियों के बीच के सभी खेतों की सिंचाई होगी !

बूढ़ा : *(दाएँ)* मैं नहीं देखता-वेखता। मुझे पता है, योजना बढ़िया होनी ही है। भइया, यह छाती पिस्तौल के लिए नहीं है।

सिपाही : पिस्तौल नहीं, सिर्फ पेंसिल ही दिखा रहे हैं। *(हँसी)*

बूढ़ा : *(बाएँ, उदास-सा उठता है और जाकर नक्शे देखने लगता है)* ये चोट्टे खूब जानते हैं कि हम यहाँ मशीनों और योजनाओं का विरोध नहीं कर सकते।

किसान औरत : *(दाएँ)* एल्लेको वेरेशविली, कौन नहीं जानता कि नई योजनाओं पर तुम्हीं सबसे ज्यादा भन्नाते हो।

विशेषज्ञ : हाँ तो क्या रिपोर्ट दूँ ? लिख दूँ कि आप लोग इस पुरानी घाटी को नई योजना के लिए दिए जाने का समर्थन करते हैं !

किसान औरत : *(दाएँ)* मैं तो समर्थन करूँगी और तुम एल्लेको ?

बूढ़ा : *(दाएँ, नक्शों पर झुके हुए)* मैं चाहता हूँ कि नक्शों की कॉपियाँ हमें साथ ले जाने के लिए दी जाएँ।

किसान औरत : *(दाएँ)* ठीक है, अब हम खाने के लिए बैठ सकते हैं। एक बार नक्शे इन्हें मिल जाएँ, ये बहस-मुबाहसा करने को तैयार हैं ही—बस, काम सुलट गया। मैं इन्हें खूब जानती हूँ। बाकी सब की तरफ से कोई दिक्कत है ही नहीं। *(सब*

सदस्य एक बार फिर गले मिलते हैं—हँसी के बीच)

बूढ़ा आदमी : *(बाएँ)* गलिंस्क-समुदाय जिए-जागे। तुम्हारे खेत-घर फलें-फूलें !

किसान औरत : *(बाएँ)* साथियो ! गलिंस्क-समुदाय के सदस्यों और विशेषज्ञ महोदय के आगमन के उपलक्ष में हमने एक नाटक का आयोजन किया है। गायक अरकाडी शीद्से इसमें भाग ले रहे हैं—इस नाटक का कुछ सम्बन्ध हमारी समस्या से भी है। *(तालियाँ)*

(ट्रैक्टर-ड्राइवर लड़की गायक को लेने गई है।)

किसान औरत : *(बाएँ)* कामरेड ! नाटक बढ़िया ही होना चाहिए। इसकी कीमत हम घाटी देकर चुका रहे हैं।

किसान औरत : *(बाएँ)* अरकाडी शीद्से को 21000 गीत रटे हुए हैं।

बूढ़ा आदमी : *(बाएँ)* हमने नाटक का रिहर्सल उन्हीं के निर्देशन में किया है। उन्हें पकड़ पाना टेढ़ा काम है। कामरेड, आपको व योजना-आयोग को चाहिए कि उन्हें हम उत्तरवालों के पास और ज्यादा आने का मौका मिला करे।

विशेषज्ञ : हमारा मुख्य सम्बन्ध अर्थ-व्यवस्था से है।

बूढ़ा आदमी : *(बाएँ, मुस्कुराते हुए)* आप ट्रैक्टरों और अंगूर के खेतों के नए बँटवारे का इंतजाम करते हैं, तो गीतों का भी क्यों नहीं करते ? *(अरकाडी शीद्से का आगमन। ट्रैक्टर-ड्राइवर लड़की उन्हें लाती है ! वे सीधे-सादे भरे-पूरे बदन के आदमी हैं। साथ में साजिन्दे हैं और उनके वाद्ययन्त्र। कलाकारों का स्वागत तालियों द्वारा किया जाता है।)*

ट्रैक्टर-ड्राइवर लड़की : अरकाडी, यह हैं कामरेड विशेषज्ञ महोदय। *(संगीतज्ञ चारों ओर अभिवादन करते हैं।)*

बूढ़ा आदमी : *(दाएँ)* आपसे परिचित होना मेरा सौभाग्य है। मैं जब स्कूल में थी, तब से आपके गीतों की तारीफ सुनती रही हूँ।

गायक : आज हम एक नाटक पेश करेंगे—इसमें गाने भी हैं—इसमें लगभग सभी लोग हिस्सा लेंगे। हम पुराने मुखौटे साथ लाए हैं।

बूढ़ा : *(दाएँ)* क्या यह कोई पुरानी गाथा है ?

गायक : बहुत पुरानी ! इसका नाम है—खड़िया का घेरा ! यह गाथा चीन से ही ली गई है—लेकिन हम इसे जरा बदलकर सुनाएँगे। यूरा, मुखौटे दिखाओ। साथियो, इतने जबरदस्त बहस-मुबाहसे के बाद आपका मनोरंजन करना हम अपना

सौभाग्य समझते हैं। मेरा खयाल है कि पुराने कवि की यह आवाज सोवियत ट्रैक्टरों के बीच बेसुरी नहीं लगेगी। अलग-अलग शराबें मिलाना शायद गलत होता हो, पर पुराना और नया बोध बहुत अच्छी तरह घुलमिल जाता है। कार्यक्रम शुरू होने से पहले, मेरे खयाल से हम सबको कुछ खाने के लिए मिलेगा। पेट भरा हो तो बात खूब बनती है !

आवाजें : जरूर...भीतर चलिए। *(सब खाना खाने जाते हैं–लोग चलने को होते हैं तो विशेषज्ञ गायक की तरफ मुखातिब होता है।)*

विशेषज्ञ : अरकाडी...इसमें कितना वक्त लगेगा ? मुझे आज रात ही तिफलिस वापस पहुँचना है।

गायक : *(यूँ ही)* असल में कहानियाँ तो दो हैं। कुछ घंटे लगेंगे।

विशेषज्ञ : *(भद से)* थोड़ा कम नहीं कर सकते ?

गायक : नहीं !

2

कुलीन सन्तान

(गायक फर्श पर साजिन्दों के साथ बैठा है, भेड़ की खाल का लबादा कन्धों पर पड़ा है। एक छोटी-सी पुरानी किताब के पन्ने पलटते हुए :)

गायक : एक समय की बात बताऊँ
बहुत पुरानी
दिन थे भीषण मारकाट के,
रक्तपात के !
बात पुरानी तब की
जब यह शहर
अभागों की बस्ती माना जाता था
इसमें एक गवर्नर भी था
नाम जार्जी आबाशविली था
बात पुरानी बतलाता हूँ !

धन-दौलत का स्वामी था वह
उसकी पत्नी भी सुन्दर थी
औ' बच्चा भी बेहद सुन्दर
बात पुरानी !

ग्रूसीनिया का कोई भी और गवर्नर
इतना धन-दौलत से भरा नहीं था
बँधे अस्तबल में थे उसके जितने घोड़े
जितने भिक्षुक उसके दरवाजे आते थे
जितने अधिक सिपाही उसका हुक्म बजाते
जितने फरियादी आते थे उसके द्वारे
नहीं किसी का उतना अच्छा ठाठ-बाट था

बात पुरानी !

और जार्जी आबाशविली ?
कैसे बतलाऊँ वह कैसा था !
मौज-मजे में गुजर रहा था उसका जीवन...
था ईस्टर का त्यौहार
वक्त सुबह का, दिन इतवार
गया गवर्नर गिरजाघर को
लेकर अपना कुटुम्ब-कबीला
बात पुरानी !

(एक महल के फाटक से भिखारी और याचक आते हैं। दुबले-पतले बच्चे, कुछ बैसाखियों पर चलते हुए और अर्जियाँ हाथों में लिए हुए। उनके पीछे दो हथियारबन्द हैं, जिनके पीछे गवर्नर का परिवार है, शानदार लिबास में।)

भिखारी और याचक : रहम...सरकार ! टैक्स हमारी बिसात से बहुत ज्यादा है... मेरी यह टाँग ईरान की लड़ाई में जाती रही, अब मुझे कहाँ मिलेगी...मेरा भाई बेकसूर है सरकार, एक गलतफहमी... मेरा बच्चा गोद में ही भूख से दम तोड़ रहा है। हमारे बेटे को फौज से रिहा कर दिया जाए सरकार...सिर्फ, यही बेटा बचा है सरकार। पानी का दरोगा घूसखोर है। *(एक नौकर अर्जियाँ जमा करता है। दूसरा एक थैली से सिक्के निकालकर बाँटता है। सिपाही चमड़े के हंटरों को फटकार-फटकार कर भीड़ को पीछे ढकेलते हैं।)*

सिपाही : पीछे हटो...गिरजे का रास्ता खाली करो। *(गवर्नर, गवर्नर की पत्नी और सैनिक-सहायक के पीछे फाटक से एक सजी हुई बच्चों की गाड़ी लाई जाती है। गाड़ी में गवर्नर का लड़का है। भीड़ उसे देखने के लिए आगे झुकती है।)*

भीड़ : बच्चा !...जरा देखने दो...ऐ धक्का क्यों देता है ! परमात्मा बच्चे को लम्बी उमर दे !

गायक : *(जब भीड़ को हंटरों से मार-मारकर पीछे हटाया जा रहा है :)*
ईस्टर का इतवार !
वह नन्हा वारिस
देखा जनता ने पहली बार !

लाट-गवर्नर की आँखों का वह तारा था
दो-दो डॉक्टर लगे हुए थे आगे-पीछे
यह बच्चा सबसे न्यारा था !
महाबली काजबेकी जैसा
राजपुत्र भी,
झुक-झुककर वारिस-बच्चे को
देता था आदर-सम्मान !

(एक मोटा राजकुमार आगे बढ़कर उन सबका स्वागत करता है।)

मोटा राजकुमार : ईस्टर मुबारक हो नताला आबाशविली। *(तभी एक आज्ञा सुनाई पड़ती है। एक घुड़सवार आता है। वह लिपटे हुए दस्तावेजों का एक पुलिन्दा गवर्नर को देने के लिए बढ़ाता है। गवर्नर इशारा करता है। सैनिक-सहायक नौजवान और सुन्दर घुड़सवार के पास पहुँचकर उसे वहीं रोक देता है। कुछ क्षणों का अन्तराल—इसी अन्तराल में मोटा राजकुमार घुड़सवार को संशय की नजर से देखता है।)*

मोटा राजकुमार : कितना खूबसूरत दिन है ! रात पानी बरसा तो लगा—छुट्टियाँ बेमजा हो गईं। पर सुबह देखा—आसमान साफ-सुथरा है। साफ आसमान मुझे बेहद पसन्द है...हूँ भी तो साफ-दिल इंसान...नताला आबाशविली ! ये नन्हा माइकेल तो बस पूरा गवर्नर लगता है...सिर से पैर तक ! पुच-पुच-पुच-पुच ! *(वह बच्चे को प्यार करता तथा गुदगुदाता है।)* ईस्टर मुबारक हो तुम्हें...नन्हें माइकेल...पुच-पुच।

गवर्नर की बीवी : तुम्हारी क्या राय है आर्सन ? जार्जी ने आखिर तय कर ही लिया कि पूरब तरफ नया खंड बनवाना शुरू कर दिया जाए। उन बेहूदी गन्दी खोलियों को गिराकर ही बाग के लिए जगह निकल पाएगी।

मोटा राजकुमार : बुरी-बुरी खबरों के बाद यह एक अच्छी खबर सुनने को मिली है। क्यों भई, जार्जी। लड़ाई की कोई ताजा खबर ? *(गवर्नर दिलचस्पी नहीं दिखाता।)* सुना है कि फौजी दाँव-पेंच के मातहत सेनाएँ पीछे हट रही हैं। खैर, ये छोटी-मोटी हारें तो होती रहती हैं। कभी बात बन जाती है, कभी नहीं बनती—लड़ाई तो इसी का नाम है और इससे कुछ होता-जाता भी नहीं—हूँ ?

गवर्नर की बीवी : खाँसी ! तुमने सुनी जार्जी ? *(दोनों डॉक्टर बच्चागाड़ी के*

पास खड़े पड़े हैं, शालीनता से। उन दोनों को डाँटते हुए।) इसे खाँसी आ रही है।

डॉक्टर-1 : *(दूसरे से)* मैंने कहा था न, निको मिकाद्जे...गुनगुने पानी से न नहलाया जाए।...जी, वह...पानी गरम करने में कुछ चूक हो गई।

डॉक्टर-2 : *(उसी तरह आदर से)* मीखा लोलाद्जे, मैं तुम्हारी बात से इत्तफाक नहीं करता ! पानी उतना ही गरम था जितना अपने महान और माने हुए डॉक्टर मिशिको ओवोलाद्जे ने बताया हुआ है। जी, वो रात जरा हवा तेज थी, शायद उसकी वजह से...

गवर्नर की बीवी : और ज्यादा खयाल रखा करो इसका। इसे हरारत-सी लगती है जार्जी !

डॉक्टर-1 : *(बच्चे पर झुकते हुए)* जी, परेशानी की कोई बात नहीं है। नहाने का पानी अब से और थोड़ा गर्म रहा करेगा। दुबारा ऐसी गलती नहीं होगी।

डॉक्टर-2 : *(डॉक्टर-1 को जहरबुझी निगाहों से देखते हुए)* मीखा लोलाद्जे ! तुम्हारी यह हरकत मैं कभी भूलूँगा नहीं, समझे ! जी, आप परेशान न हों।

मोटा राजकुमार : बहुत अच्छे ! बहुत खूब ! अपना तो ऐलान है--मेरे जिगर में इतना-सा भी दर्द हुआ तो जूतियाँ अपनी, सर डॉक्टर का। सिर्फ इतना इसलिए कि हम इस मुर्दा जमाने में रह रहे हैं। वह जमाना होता तो सीधा हुक्म होता--उतार दो गर्दन।

गवर्नर की बीवी : चलो-चलो, गिरजे में चलें। यहाँ हवा जरा तेज लग रही है। है न ?

(परिवार और नौकरों का जुलूस मुड़कर गिरजे के फाटक में चला जाता है। मोटा राजकुमार पीछे-पीछे जाता है। सैनिक-सहायक जरा सबसे अलग हटकर घुड़सवार की ओर इशारा करता है।)

गवर्नर : पूजा के बाद, शाल्वा !

सैनिक-सहायक : *(घुड़सवार से)* पूजा से पहले गवर्नर साहब रिपोर्ट-विपोर्ट के झंझट में नहीं पड़ना चाहते। रिपोर्ट कहीं चैन हराम करनेवाली हुई, तब तो और भी नहीं...मेरे खयाल से ऐसी ही होगी, क्यों ? उधर लंगर में जाकर कुछ खा-पी लो दोस्त।

(सैनिक-सहायक जुलूस के साथ चला जाता है। घुड़सवार कोसता हुआ महल के फाटक में चला जाता है। एक सैनिक महल से निकलकर फाटक पर खड़ा हो जाता है।)

गायक : शहर था शान्त
बिल्कुल शान्त
गिरजाघर के चौराहे पर
झुंड-के-झुंड कबूतर–
अपनी रौ में लीन
रहे थे दाना-चुग्गा बीन !
तभी गुजरी एक महराजिन उधर से
नदी-तट से आ रही थी लिए बंडल साथ
जिसको देख
महल का रक्षक सिपाही मस्त होकर
हो गया मशगूल उससे दिल्लगी में–

(एक लड़की फाटक से घुसने की कोशिश करती है। वह बगल में बड़ी-बड़ी पत्तियों का बंडल-सा दबाए है।)

सैनिक (साइमन) : अरे ! गिरजे नहीं गईं ? पूजा-वूजा गोल !

ग्रूशा : मैं तो कपड़े पहन-पहनाकर तैयार थी, मगर ईस्टर की दावत के लिए एक मुर्गाबी की और जरूरत पड़ गई। मुझसे कहा, ले आओ...असल में मुझे मुर्गाबियों की पहचान है न...

सैनिक (साइमन) : मुर्गाबी ? *(बनते हुए, शक के लहजे में)* देखूँ जरा, कैसी है? *(ग्रूशा कुछ भी नहीं समझ पाती)* औरतों से जरा होशियारी बरतनी चाहिए, कहेंगी–'मैं तो बस मुर्गाबी लेने गई थी' पर असलियत...वह कुछ और ही निकलती है।

ग्रूशा : *(बड़े विश्वास से आगे बढ़कर मुर्गाबी दिखाती है)* लो, यह रही। पूरी साढ़े सात सेर न निकले...और सिर्फ दाने पर पली हुई न हो, तो मेरा नाम ग्रूशा नहीं।

सैनिक (साइमन) : यह तो मुर्गाबियों की भी रानी है। इसे तो गवर्नर साहब ही खाएँगे। हूँ, तो फिर आप नदी पर गई थीं ?

ग्रूशा : हाँ, मुर्गीखाने तक !

सैनिक (साइमन) : अच्छा ! मुर्गीखाने तक...यहीं नदी-किनारे तक। आगे नहीं गईं, वो वहाँ...वहाँ बैत-वन तक।

ग्रूशा : बैत-वन तक मैं सिर्फ कपड़े धोने जाती हूँ।

सैनिक (साइमन) : *(व्यंग्य से)* बेशक।

ग्रूशा : बेशक क्या ?

सैनिक (साइमन) : *(आँख मारते हुए)* बेशक—यही।

ग्रूशा : बैत-वन के पास कपड़े क्यों न धोऊँ ?

सैनिक (साइमन) : *(ठहाका लगाकर)* 'बैत-वन-के पास-कपड़े-क्यों न धोऊँ।' कोई बात हुई न। बहुत खूब !

ग्रूशा : खूबी क्या है ? मैं समझी नहीं।

सैनिक (साइमन) : *(छेड़ने के अन्दाज में)* अगर किसी को यह मालूम हो जाए कि किसी को क्या-क्या मालूम है...इसी पल किसी का चेहरा लाल हो जाएगा...और इसी पल फक् सफेद हो जाएगा।

ग्रूशा : मुझे नहीं मालूम, ऐसी क्या बात उस बैत-वन में है ?

सैनिक (साइमन) : क्या-बात-उसमें है...! अगर उस बैत-वन के सामने एक झाड़ी भी हो, तो ? और उस झाड़ी से सब दिखाई देता हो, तो ? वह सब, जो वहाँ होता है...जब कोई वहाँ कपड़े धोता हो।

ग्रूशा : क्या होता है वहाँ ? बताओ न, क्या मतलब है इस बात का ? बताओ।

सैनिक (साइमन) : कुछ होता है ऽ ऽ ऽ...। और शायद कुछ दिखाई भी पड़ता है।

ग्रूशा : शायद सिपाही का इशारा इस तरफ है कि मैं कभी-कभार पानी में थोड़ा पैर डुबो लेती हूँ पर वह तब, जब गर्मी जरा ज्यादा होती है। इसके अलावा तो और कुछ नहीं होता।

सैनिक (साइमन) : कुछ और भी...थोड़ा-सा पैर...और, कुछ और भी।

ग्रूशा : कुछ और भी क्या ? ज्यादा-से-ज्यादा पूरा पाँव।

सैनिक (साइमन) : पाँव भी, और कुछ और भी। *(हँसता है।)*

ग्रूशा : *(गुस्से से)* साइमन शशावा। तुम्हें शर्म आनी चाहिए। वहाँ झाड़ी में दुबक कर बैठते हो। गर्मी के दिन ! और इन्तजार करते हो कि अब कोई आए और नदी में टाँगें डुबोए ! समझी ! तुम जरूरी किसी और को भी लेकर जाते होगे।

(भाग जाती है।)

सैनिक (साइमन) : *(पीछे से ऊँची आवाज में)* और कोई नहीं होता।

(जैसे ही गायक कहानी शुरू करता है, सैनिक ग्रूशा के पीछे भाग जाता है।)

गायक : शहर तो था शान्त

अब भी,
किन्तु ये हथियार लेकर घूमनेवाले सिपाही
क्यों यहाँ पर ?
शान्ति तो छाई हुई है
गवर्नर के महल में भी
किन्तु फिर यह क्यों किले-सा लग रहा है ?

(बाएँ फाटक से मोटा राजकुमार जल्दी से प्रवेश करता है। खड़ा होकर इधर-उधर देखता है। फाटक के पास दाएँ को दो हथियारबन्द प्रतीक्षा कर रहे हैं। राजकुमार धीरे-धीरे उनके पास तक जाता है, कुछ इशारा करता है और तेजी से प्रस्थान करता है। एक हथियारबन्द फाटक से प्रस्थान करता है। दूसरा पहरे पर तैनात रहता है। पृष्ठभूमि में चारों ओर से घुटी-घुटी-सी आवाजें आती हैं—अपनी-अपनी जगह तैनात रहो। महल घिर गया है। दूर गिरजे की घंटियों की आवाजें। गिरजे से लौटते हुए गवर्नर का परिवार और जुलूस प्रवेश करता है।)

गायक : और तब गवर्नर अपने महल में लौट आया
और तब किला खुद एक भँवरजाल बन गया,
वह मुर्गाबी भूनी गई, मिर्च-मसाला लगा-लगाकर
पर फिर वह मुर्गाबी खाई न गई
वह दोपहर फिर खाने की नहीं
वह दोपहर मौत की घड़ी बन गई

गवर्नर की बीवी : *(गुजरते हुए)* इस गन्दी इमारत में रह सकना कतई मुमकिन नहीं है। जार्जी इमारतें बनवाते हैं, पर सिर्फ अपने नन्हें माइकेल के लिए। माइकेल ही उनका सब कुछ है और उनका सब कुछ माइकेल के लिए है !

गवर्नर : तुमने सुना था, भाई काजबेकी मुझे ईस्टर की मुबारकबाद दे रहे थे ? यह सब तो ठीक है...पर यहाँ नूखा में मेरे खयाल से, रात बारिश नहीं हुई। काजबेकी के यहाँ बारिश हुई होगी। आखिर ये काजबेकी थे कहाँ ?

सैनिक-सहायक : इसकी खोजबीन करनी पड़ेगी।

गवर्नर : हाँ, फौरन होनी चाहिए, कल ही।

(जुलूस दरवाजे से प्रस्थान करता है। घुड़सवार, जो महल से आया है, गवर्नर की तरफ बढ़ता है।)

सैनिक-सहायक : वो हुजूर राजधानी से संवाददाता आया है। कुछ खुफिया खबरें लेकर आज सुबह ही हाजिर हुआ है...अभी अगर वक्त दे सकें तो...

गवर्नर : दावत से पहले नहीं शालवा।

सैनिक-सहायक : *(घुड़सवार से) (जुलूस महल के दरवाजे से अन्दर चला गया है। सिर्फ दो हथियारबन्द फाटक पर रह जाते हैं—पहरेदारी के लिए)* खाने से पहले लड़ाई की सूचनाओं से गवर्नर साहब परेशान होना पसन्द नहीं करते। इस वक्त सरकार कुछ मशहूर शिल्पियों से बातचीत करनेवाले हैं। उन्हें दावत पर बुलाया गया है। अरे, वो तो आ भी गए।

(तीन आदमी प्रवेश करते हैं, घुड़सवार चला जाता है। सहायक उन तीनों का स्वागत करता है।)

सरकार बहादुर खाने पर आपका इन्तजार कर रहे हैं, यह तमाम वक्त आप लोगों के लिए ही खाली रखा गया है...आपकी शानदार निर्माण-योजनाओं के लिए। आइए, चलें...

शिल्पी : ताज्जुब की बात है, सरकार बहादुर ऐसे में इमारतें बनवाने का इरादा कर रहे हैं ! अजीब-अजीब अफवाहें फैली हुई हैं। सुनने में आया है ईरान की लड़ाई ने खतरनाक मोड़ ले लिया है।

सैनिक-सहायक : इसलिए तामीर का काम ज्यादा जरूरी है। यह सब कोच्छ नहीं है। ईरान बहुत दूर है। यहाँ की रक्षक-सेना गवर्नर साहब के लिए पोर-पोर कट-मरने को तैयार है।

(महल से शोर सुनाई पड़ता है। औरतों की तेज चीखें—आदेश दिए जाने की ऊँची आवाजें। सैनिक-सहायक घबराकर फाटक की तरफ बढ़ता है। एक हथियारबन्द तभी बाहर कदम रखता है और भाला तानकर उसे वहीं रोक देता है।) यह सब क्या हो रहा है ! भाला नीचे करो...कुत्ते कहीं के ! *(महल के पहरेदार से, बेहद गुस्से में)* हथियार डाल दो ! अंधे हो क्या ! देखते नहीं गवर्नर साहब पर हमला हो रहा है ! उनकी जान खतरे में है।

(हथियारबन्द पहरेदार आदेश मानने से इनकार कर देते हैं। वे उसे बेरुखी और सर्द नजरों से घूरते हैं। और तमाशबीन की तरह सारी हलचल देखते रहते हैं। सैनिक-सहायक लड़ता हुआ महल में दाखिल हो जाता है।)

एक शिल्पी : यह साजिश राजकुमारों की है। कल रात ही राजधानी में राजकुमारों की बैठक हुई थी। वे बड़े ड्यूक और गवर्नरों के खिलाफ हैं। भाइयो, हमें खिसक चलना चाहिए।

(वे भाग जाते हैं।)

गायक : ओ महाशक्ति की अंध-दृष्टि !
वे घूम रहे हैं
झुकी हुई पीठों के ऊपर जैसे घूमें देवदूत
भाड़े के लड़नेवालों पर विश्वास उन्हें !
विश्वास उन्हें,
इतने लम्बे अरसे से चलती आनेवाली सत्ता पर !
लेकिन यह बेहद लम्बा अरसा भी, आखिर
खत्म हुआ करता है !
ओ भाग्यचक्र !
लोगों की आशा के प्रतीक !

(फाटक से गवर्नर लाए जाते हैं, उनके चेहरे पर हवाइयाँ उड़ रही हैं। वे जंजीरों में जकड़े हुए हैं। वे बीच में हैं, दो हथियारबन्द सिपाही इधर-उधर हैं।)

गायक : ऐ महाराज ! जाओ,
जाओ अब भी जा सकते हो अपना सीना ताने
जाने कितनी दुश्मन-आँखें पीछा करती हैं,
उन्हीं तुम्हारे महल-कगारों से
अब वास्तुकार की नहीं जरूरत तुमको
बढ़ई भर से चल जाएगा !
अब नए महल में नहीं, तुम्हें जाना होगा धरती के
धूल भरे दो गज के गड्ढे में !
ओ अंध-दृष्टि !

(गवर्नर इधर-उधर देखते हैं।)

गायक : यह सब, जिसके अब तक तुम थे स्वामी
क्या तुमको अब भी सुख पहुँचाता है ?
ईस्टर की कर ईश-प्रार्थना,
पर रंगभरी दावत से पहले
ऐसी जगह जा रहे हो तुम,
वापस आता है नहीं जहाँ से कोई भी !

(गवर्नर को ले जाता है ! पहरेदार पीछे-पीछे जाते हैं। तभी एक बिगुल की आवाज आती है। फाटक के

पिछवाड़े शोर उभरता है।)

गायक : जब महल ढहाए जाते हैं
तो जाने कितने,
छोटे-छोटे लोग मार डाले जाते हैं !
छोटे लोगों की जान बहुत मामूली मानी जाती है।
जो नहीं बँटा पाते हिस्सा सुख में अपने राजाओं के
वे अक्सर भागीदार हुआ करते हैं उनके दुर्दिन में
चलती गाड़ी जब गिरने लगती गड्ढे में,
तो उसको खींच रहे घोड़े भी महाखड्ढ में
जाते हैं,
पिसते जौ के संग घुन भी पिसता आया है !

(घबराए परेशान नौकर फाटक से प्रवेश करते हैं।)

कई नौकर : *(बदहवासी में)* ये टोकरियाँ ! इन्हें तीसरे सहन में पहुँचाओ। गल्ला बस पाँच दिन का है ! नताला आबाशविली बेहोश हो गई हैं। कोई उन्हें नीचे तो ले आओ। उन्हें निकल भागना चाहिए। हमारा क्या होगा ? हमें तो जानवरों की तरह काट डाला जाएगा ! यही होता आया है ! हे परमात्मा, अब क्या होगा ? कहते हैं शहर में मारकाट हो रही है ! यह बकवास है। गवर्नर साहब से बाकायदा कहा गया है कि वे राजकुमारों की बैठक में हाजिर हों। सब ठीक हो जाएगा। मुझे यह एक खास जगह से पता चला है।

(दोनों डॉक्टर तेजी से सहन में आते हैं।)

डॉक्टर-1 : निको मिकाद्‌जे !
तुम नताला आबाशविली की देखभाल करो।
डॉक्टर के नाते यह फर्ज तुम्हारा है।

डॉक्टर-2 : मेरा फर्ज ? यह तुम्हारा है।

डॉक्टर-1 : निको मिकाद्‌जे...बच्चे की देखभाल की आज किसकी बारी है ? मेरी या तुम्हारी ?

डॉक्टर-2 : मीखा लोलाद्‌जे...तुम्हारा खयाल है, मैं यहाँ एक मिनट भी और रुकूँगा ! इस मनहूस घर में—पिल्ले की खातिर !

(दोनों झगड़ना शुरू कर देते हैं, सिर्फ इतना सुनाई पड़ता है :)

'—तुम फर्ज से कतरा रहे हो !'
'—फर्ज...फर्ज...फर्ज !'

(दूसरा डॉक्टर पहले को घूँसा मार-मारकर गिरा देता है।)

डॉक्टर-2 : जा ! जहन्नुम में जा। *(प्रस्थान)*

कई नौकर : आज रात से पहले अब भी मौका है !
सिपाही आज रात तक नशे में बदमस्त नहीं होंगे !
मारकाट शुरू हो गई ? किसी को कुछ पताऽऽ है ?
पहरेदार भाग गए हैं।
अरे किसी को कुछ खबर है ?

ग्रूशा : मिलेवा मछुआ कह रहा था—लोगों ने लाल पूँछवाला पुच्छल तारा देखा है ! आसमान में ! राजधानी के ऊपर, यह असगुन का लच्छन है।

कई नौकर : कल राजधानी में लोग कह रहे थे—ईरान की लड़ाई में हार हो गई है।
राजकुमारों ने जबर्दस्त विद्रोह कर दिया है।
अफवाह गरम है कि बड़े ड्यूक निकल भागे हैं।
सब गवर्नरों को फाँसी दी जाएगी।
हम लोग यहीं फँसे रह जाएँगे।

(सैनिक साइमन शशावा प्रवेश करता है—भीड़ में ग्रूशा को खोजता है।)

सैनिक-सहायक : *(दरवाजे से)* तीसरे सहन में चलो ! सब लोग सामान बँधवाओ !

(वह नौकरों को भीतर भगा देता है। साइमन ग्रूशा को खोज ही लेता है।)

साइमन : ओफ्फो ! कितना ढूँढ़ा तुम्हें ग्रूशा ! तुम अब क्या करोगी ?

ग्रूशा : कुछ नहीं। अगर पहाड़ टूट ही पड़ा तो...मेरा एक भाई है, उधर पहाड़ियों में...उसके खेत-वेत भी हैं...पर तुम, कुछ सोचा है तुमने ?

साइमन : कुछ भी नहीं *(कोमलता से)* ग्रूशा वशनाद्जे...तुम्हारे मन में यह बात आना कि मैं क्या करूँगा...यही मेरे लिए बहुत है। मुझे आदेश मिला है कि मैं श्रीमती नताला आबाशविली के रक्षक के रूप में उनके साथ जाऊँ।

ग्रूशा : महल के पहरेदारों ने बगावत नहीं की है ?

साइमन : *(गम्भीरता से)* की तो है !

ग्रूशा : तब उनके साथ जाना क्या खतरनाक नहीं ?

साइमन : तिफलिस में एक मसल मशहूर—तलवार को मौत का क्या डर !

ग्रूशा : तुम तलवार तो नहीं। तुम हाड़-मांस के एक आदमी हो साइमन शशावा...उस औरत को तुमसे क्या लेना-देना ?

साइमन : कुछ भी नहीं। पर आदेश आदेश है...इसलिए जाऊँगा।

ग्रूशा : सिपाही ! तुम बिल्कुल बुद्धू आदमी हो—बेकार। अपनी जान खतरे में डाल रहे हो—बिल्कुल बेकार।

(महल से उसे बुलाया जाता है।)

अच्छा, मैं तीसरे सहन में जा रही हूँ। जरा जल्दी है।

साइमन : जल्दी है, तब तो हमें कत्तई झगड़ना नहीं चाहिए। धूमधाम से झगड़ने के लिए जरा फुरसत होनी चाहिए। क्या मैं पूछ सकता हूँ कि आपके माँ-बाप अभी जीवित हैं ?

ग्रूशा : नहीं हैं, एक भाई है !

साइमन : वक्त कम है इसलिए दूसरा सवाल—हाथ-पैरों में दम तो है न ? मेरा मतलब सेहत।...

ग्रूशा : गाहे-बगाहे दाएँ कंधे में कभी दर्द हो जाता है, यों भारी-से-भारी मेहनत के लिए अच्छी-खासी हूँ—आज तक तो किसी को शिकायत हुई नहीं है !

साइमन : यह तो जग-जाहिर है। मान लो ईस्टर का इतवार हो... मुर्गाबी लाने का सवाल हो—तब कौन जाएगा ? तुम ! अच्छा तो तीसरा सवाल है : हथेली पर सरसों उगाने की आदत तो नहीं...

ग्रूशा : इतनी बेसब्र आदत की नहीं हूँ...पर हाँ, कोई लड़ाई पर चला जाए, वह भी बेमतलब और कोई खैर-खबर न मिले तो...बुरी बात है न !

साइमन : खैर-खबर मिलेगी

(फिर महल से ग्रूशा को पुकारा जाता है।)

अब आखिर में सबसे अहम सवाल...

ग्रूशा : साइमन, मुझे फौरन भीतर पहुँचना है...वक्त बिल्कुल नहीं है...मेरा जवाब है—'हाँ'।

साइमन : *(बहुत झेंपकर)* जल्दीबाजी ! मसल मशहूर है कि सरपट घोड़ा ही अपनी टाँग तोड़ता है। कहा तो यह भी जाता है कि अमीर लोग रोटी को ठंडा करके खाते हैं...पर मैं...

ग्रूशा : कुत्स्क का हूँ !

साइमन : तो सारी छानबीन पहले से ही कर ली गई है ?...बाकी यह कि हट्टा-कट्टा हूँ। मुझ पर कोई आश्रित नहीं है। दस

पियास्तर माहवार कमाता हूँ...बीस भी हो सकते हैं...मैं बहुत सच्चाई और सम्मान से चाहता हूँ कि तुम मेरी जीवन-संगिनी बनना मंजूर कर सको !

ग्रूशा : साइमन शशावा...इस लायक होना मेरा सौभाग्य है।

साइमन : *(अपने गले से पतली-सी जंजीर उतारता है, जिसमें छोटा-सा सलीब लटक रहा है।)*
ग्रूशा वशनाद्जे। यह सलीब मेरी माँ का है। जंजीर चाँदी की है, इसे पहन लो।

ग्रूशा : तुम्हारा बहुत-बहुत शुक्रिया साइमन।

(साइमन ग्रूशा को जंजीर पहना देता है।)

साइमन : अब मैं भी घोड़ों को जोत लूँ। समझीं ! तुम भी तीसरे सहन में चली जाओ। नहीं तो गड़बड़ हो जाएगी।

ग्रूशा : हाँ, साइमन !

(दोनों साथ खड़े रहते हैं—अनिर्णय की स्थिति में।)

साइमन : मुझे नताला आबाशविली को उन फौजी टुकड़ियों तक पहुँचाना है, जो अब तक वफादार हैं ! लड़ाई खत्म होते ही मैं लौट आऊँगा। दो हफ्तों में, या ज्यादा-से-ज्यादा तीन। वापसी तक थक तो नहीं जाओगी, क्यों ?

ग्रूशा : मैं तुम्हारा इंतजार करूँगी। साइमन शशावा !
ओ सिपाही ! जाओ...
धीरज धरकर युद्ध को समर्पित होओ
भीषण रक्तपात की उस मरणलीला में
जहाँ से हर कोई वापस नहीं आता है !

वापस जब आओगे
मैं वहीं मिलूँगी तुम्हें,
हरी-भरी डालियोंवाले पेड़ के नीचे
तुम्हारे इंतजार में !
वे हरी-भरी डालियाँ जब बेरौनक और नंगी हो जाएँगी
तब भी मैं वहीं मिलूँगी—
उसी उजाड़ पेड़ के नीचे...इंतजार में !
तब तक राह देखूँगी तुम्हारी,
जब तलक आखिरी सिपाही नहीं लौटेगा...
बल्कि उसके बाद भी !
और जब तुम आओगे वापस युद्ध से

पाओगे मुझे वहीं, बिल्कुल वैसी ही !
ये अधर अचुम्बित !
और सुहाग-शैया पर बैठा प्रतीक्षारत अछूता खालीपन !
द्वारे पर कोई अजनबी पदचिह्न तक न पाओगे,
लौटकर जब तुम आओगे !
लौटकर जब भी तुम आओगे,
तुम जब भी आओगे,
पाओगे मुझे--वही,
वैसी ही !

साइमन : अच्छा, ग्रूशा वशनाद्ज़े...मैं चलता हूँ...*(वह ग्रूशा के सामने झुकता है, ग्रूशा भी झुकती है। फिर वह सीधी भाग जाती है, बगैर मुड़कर देखे हुए। तभी सैनिक-सहायक फाटक से प्रवेश करता है।)*

सैनिक-सहायक : जल्दी से घोड़े जोतो ! बड़ी गाड़ी में ! यहाँ खड़ा-खड़ा क्या कर रहा है काहिल !

(साइमन शशावा पहले सीधा खड़ा हो जाता है फिर चला जाता है। दो नौकर भारी-भारी बक्से उठाए, बोझ से झुके डगमगाते धीरे-धीरे प्रवेश करते हैं, उनके पीछे नौकरानियों का सहारा लिए नताला आबाशविली आती है। एक नौकरानी माइकेल को लिए उसके पीछे आती है।)

गवर्नर की बीवी : अरे मैं सर के बल खड़ी हूँ कि पैरों पर...किसी को जरा भी मेरा खयाल नहीं है, वही हाल है ! माइकेल कहाँ है ? अरे, इसे ऐसे गठरी की तरह मत उठा। बक्से गाड़ी में लदवा ! शाल्वा ! उनकी कोई खबर मिली ?

सैनिक-सहायक : *('न' में सिर हिलाते हुए)* आपको फौरन निकल चलना चाहिए।

गवर्नर की बीवी : शहर से कोई खबर आई ?

सैनिक-सहायक : जी नहीं, अब तक तो सब शान्त है...पर हमें एक मिनट की भी देर नहीं करनी चाहिए। गाड़ी में बक्सों के लिए जगह भी नहीं है। सिर्फ जरूरी सामान ले लीजिए !

(चला जाता है।)

गवर्नर की बीवी : सिर्फ जरूरी चीजें ! बक्से खोलो जल्दी...मैं बताती हूँ क्या-क्या चीजें जरूरत की हैं !

(बक्से रखकर खोले जाते हैं।) (कुछ रेशमी कामदार

कपड़ों की तरफ इशारा करके)
वह हरीवाली, हाँ-हाँ वह भी समूर की गोटवाली। दोनों डॉक्टर कहाँ हैं—मेरे सर में फिर सख्त दर्द उठ रहा है। यह हमेशा कनपटियों से ही शुरू होता है...यह भी—मोतियों के बटनवाली।

(ग्रूशा आती है।)

तू खड़ी-खड़ी क्या देख रही है—जा, गर्म पानी की बोतलें फौरन लेकर आ।

(ग्रूशा भागती हुई जाती है। गर्म पानी की बोतलें लेकर लौटती है। गवर्नर की बीवी उसे इशारों से कुछ हुक्म देती है।)

गवर्नर की बीवी : *(एक जवान नौकरानी को घूरते हुए) अरे आस्तीनें क्यों फाड़े डाल रही है।*

नौकरानी : आप इत्मीनान रखें, कपड़े की शिकन तक नहीं बिगड़ी है।

गवर्नर की बीवी : हाँ-हाँ, इसलिए बच गया कि वक्त पर देख लिया ! मैं बड़ी देर से देख रही हूँ। ध्यान तो इधर है नहीं, उधर शाल्वा को देख-देखकर क्या आँखें मटका रही थी ? कुतिया कहीं की, जान से मार डालूँगी।

(उसे पीटती है।)

सैनिक-सहायक : *(वापस आते हुए)* मैं फिर कहा रहा हूँ जल्दी कीजिए नताला आबाशविली ! शहर में मारकाट हो रही है !

(प्रस्थान)

गर्वनर की बीवी : *(जवान नौकरानी को छोड़कर)* बाप रे, तुम्हें क्या लगता है—वे मेरे साथ भी बुरा बर्ताव करेंगे ? पर क्यों ?

(सब खामोश हैं ! वह खुद बक्स में कपड़े उथलने-पुथलने लगती है।)

मेरी ज़री की वास्कट कहाँ है? अरे कोई ढूँढ़ो ! अरे माइकेल ? कहाँ है ? सो रहा है क्या ?

धाय : जी !

गवर्नर की बीवी : इसे एक मिनट के लिए यहीं लिटा लो...और सोने के कमरे से वो केसरिया चप्पलें ले आओ ! हरी पोशाक के साथ उनकी जरूरत पड़ेगी !

(धाय बच्चे को नीचे लिटाकर जाती है ! गवर्नर की बीवी जवान नौकरानी से कहती है)

अरे तू लट्ठ की तरह खड़ी क्या है ?

(जवान नौकरानी भाग जाती है।)

रुक...मैं कहती हूँ, रुक जा, नहीं तो कोड़ों से खाल खिंचवा दूँगी, ये देखो...कैसे सब ठूँस दिया गया है। कोई दर्द नहीं, सलीका नहीं ! हर बात के लिए खुद सर न खपाओ तो बस ! ऐसे ही मौकों पर पता चलती है नौकरों की हरामखोरी ! माशा !

(हाथ के इशारे से हुक्म देती है।) ठूँस-ठूँसकर खाएँगे, वक्त पर डकराएँगे, तोताचश्म ! आज तो यह पत्थर की लकीर हो गई मेरे लिए !

सैनिक-सहायक : *(घबराया हुआ)* नताला, बस फौरन चल पड़िए। सुप्रीम कोर्ट के जज और बिलियानी को अभी-अभी फाँसी पर लटकाया गया है। कालीन बुनकर भी बागी हो गए हैं।

गवर्नर की बीवी : क्यों ? जरा वह रुपहलावाला जोड़ा ले लूँ...एक हजार पियास्तर का है। और वह वाला भी...समूर की सारी पोशाकें भी...वह उन्नाबी जोड़ा कहाँ गया ?

सैनिक-सहायक : *(उसे खींचते हुए)* शहर के बाहरी हिस्सों में मारकाट शुरू हो गई है। अभी इसी पल हमें चलना है। *(एक नौकर भागकर जाता है।)* बच्चा कहाँ है ?

गवर्नर की बीवी : *(धाय से)* मारो *(धाय का नाम)* ! बच्चे को सँभाल...अरे, कहाँ मर गई ?

सैनिक-सहायक : *(चलते हुए)* अब हमें गाड़ियाँ यहीं छोड़नी होंगी। घोड़ों पर भागना होगा। *(गवर्नर की बीवी अब भी कपड़ों को उलट-पुलट रही है। कुछ को उस ढेर पर फेंक देती है, जो उसके साथ जाने हैं, फिर उन्हें उठाकर गैरजरूरी कपड़ों पर डाल देती है। नगाड़े बजने का शोर सुनाई देता है—आकाश लाल होने लगता है।)*

गवर्नर की बीवी : *(खिसियायी-सी अब भी कपड़े उलटती-पलटती रहती है।)* वह उन्नाबी जोड़ा तो मिल ही नहीं रहा है !

(कंधे सिकोड़कर दूसरी नौकरानी से)

ये पूरा ढेर उठा और गाड़ी में रख आ ! मारो अब तक क्यों नहीं लौटी ? तुम सबका दिमाग चल गया है ? अरे बताया तो तुझे—बिल्कुल नीचे तली में है !

सैनिक-सहायक : *(वापस बुलाकर)* जल्दी ! फौरन !

गवर्नर की बीवी : *(दूसरी नौकरानी से)* भाग, इन्हें गाड़ी में पटक आ।

सैनिक-सहायक : हम गाड़ी से नहीं जा रहे हैं, आना हो तो फौरन आइए, नहीं तो अब मैं नहीं रुकूँगा।

गवर्नर की बीवी : मारो, बच्चे को ले आ।

(दूसरी से)

जा, जरा लपककर देख। रुक, पहले यह कपड़े गाड़ी में रख आ। क्या बेहूदगी है...घोड़े पर मेरे फरिश्ते भी सवार नहीं हो पाएँगे।

(इधर-उधर देखती है। आकाश लपटों से लाल हो रहा है। सहमकर पीछे हटती हुई)

आग !

(वह बाहर भाग जाती है। सैनिक-सहायक पीछे जाता है। दूसरी नौकरानी सिर हिलाती हुई कपड़ों का एक ढेर उठाए हुए उसके पीछे-पीछे चली जाती है।)

(नौकर लोग फाटक से प्रवेश करते हैं।)

बावर्चिन : लगता है पूरबवाला फाटक जल रहा है !

खानसामा : चले गए ! नाश्ते की टोकरी भी नहीं ले गए। अब अपन लोग कैसे बचकर निकल पाएँगे ?

एक साईस : अब कुछ वक्त के लिए यहाँ भूतों का वास होगा।

(तीसरी नौकरानी से)

सुलीका, मैं भीतर से एकाध कम्बल ले आऊँ... हमें भी कूच करना चाहिए।

धाय : *(फाटक से प्रवेश करती है। हाथों में मालकिन की चप्पलें हैं।)*

मालकिन...

एक मोटी औरत : वे गईं।

धाय : और बच्चा !

(वह बच्चे के पास लपककर पहुँचती है, उसे उठा लेती है।)

उसे यहीं छोड़ गए...चांडाल कहीं के !

(वह बच्चा ग्रूशा को दे देती है।)

जरा लेना *(मक्कारी से)*

देखूँ गाड़ी है या...

(वह बाहर भाग जाती है—गवर्नर की बीवी के पीछे।)

ग्रूशा : गवर्नर साहब का क्या हुआ ?

एक साईस : *(तर्जनी गर्दन पर फेरते हुए)* चीं।

मोटी औरत : *(आदमी को बताते देखकर बदहवास हो जाती है।)* हाय-हाय ! हे परमात्मा ! हाय ! सरकार बहादुर जार्जी आबाशविली। सुबह गिरजे गए तो कैसे जीते-जागते थे ! और अब...अरे कहीं ले चलो मुझे। हाय, अब बचानेवाला कौन है। हम भी तो बेमौत मारे जाएँगे...सरकार बहादुर की तरह...हाय ! जार्जी आबाशविली।

तीसरी औरत : *(उसे शान्त करती हुई)* घबराओ मत नीना...तुम्हें बचाकर निकाल लेंगे, तुमने किसी का क्या बिगाड़ा है !

मोटी औरत : *(सहारे से बाहर जाती हुई)* हे परमात्मा ! हे ईश्वर ! हे मेरे परमात्मा ! उनके आने से पहले निकल चलो। उनके आने से पहले।

तीसरी औरत : मालकिन से ज्यादा तो नीना के दिल को धक्का लगा है। कुछ लोग भी कैसे होते हैं, चाहते हैं कि उनके हिस्से का रोना भी दूसरे लोग रो लिया करें।

(बच्चे को ग्रूशा की गोद में देखकर)

बच्चा ! तुम इसे लिए यहाँ क्या कर रही हो ?

ग्रूशा : यह यहीं छूट गया है।

तीसरी औरत : वो इसे बस यों ही छोड़ गईं ? माइकेल...जिसे हमेशा पान-फूल की तरह रखा गया ?

(नौकर बच्चे के इर्द-गिर्द जमा हो जाते हैं।)

ग्रूशा : अरे, यह तो आँखें खोल रहा है।

एक साईस : मेरी बात सुनो, बेहतर है इसे यहीं छोड़ दो। बच्चे के साथ वे जिसे भी देखेंगे, पता नहीं उसका क्या हाल करेंगे। मैं तुम्हारी चीजें वगैरह लाए देता हूँ। तुम यहीं रुको।

(महल में चला जाता है।)

बावर्चिन : वह ठीक कहता है। एक दफा शुरू हो गए तो वे इसे देखेंगे न उसे...खानदान के खानदान काटते चले जाएँगे। मैं भी बटोर लाऊँ अपना सामान।

(बावर्चिन और तीसरी औरत को छोड़कर बाकी सब चले जाते हैं। ग्रूशा की गोद में बच्चा है।)

तीसरी औरत : सुना नहीं तुमने, इसे यहीं छोड़ दो।

ग्रूशा : धाय ने एक मिनट थामने को कहा था...

बावर्चिन : मूरख कहीं की...अब भला वह लौटकर आएगी ?

तीसरी औरत : अरे अपनी मौत क्यों बुलाती है !

बावर्चिन : चाहे एक बार इसकी माँ को छोड़ दें, पर इसे वे नहीं छोड़ेंगे,

यह वारिस है। ग्रूशा तू दिल की भली सही, पर अक्ल तुझमें रत्ती भर नहीं है, मैं कहती हूँ...यह ताऊन से भी भयंकर है...तू अपने निकल भागने की फिकर कर।

(साईस सबके सामानों के बंडल ले आया है, सबके बंडल सबको दे देता है। ग्रूशा के सिवा सब जाने को तैयार हैं।)

ग्रूशा : *(सख्ती से)* यह ताऊन का मारा नहीं है। यह इनसान की तरह देख रहा है।

बावर्चिन : वह देखता है तो देखने दे। तू मत देख। तू भी सिरफिरे मूरख की तरह है जो हर बात खुद अपने ऊपर ओढ़ लेता है। कोई बोला, भाग के साग ले आ, बस तेरे पैरों में चाबी भर जाएगी, तू भागने लगेगी। देख, हम बैलगाड़ी से चल रहे हैं, फुर्ती कर, तू भी उसी में निकल चल। हे परमात्मा ...अब तक तो पड़ोसी की सब बत्तियाँ भी जल चुकी होंगी !

तीसरी औरत : तुमने अभी तक सामान नहीं बाँधा ? वक्त कहाँ है। बैरकों से हथियारबन्द फौजी अब पहुँचनेवाले ही होंगे।

(दोनो औरतें और साईस चले जाते हैं।)

ग्रूशा : मैं आ रही हूँ।

(ग्रूशा बच्चे को नीचे लिटा देती है। एक क्षण उसे देखती है। पास के बक्सों से कुछ कपड़े लेकर सोते हुए बच्चे को ढँक देती है। वह महल से अपनी चीजें लेने के लिए भागकर जाती है। टापों की आवाजें। औरतों की चीखें। मोटा राजकुमार नशे में धुत्त हथियारबन्दों के साथ प्रवेश करता है। एक के भाले की नोक पर गवर्नर का सिर टँगा है।)

मोटा राजकुमार : यहाँ टाँगो ! बीचोंबीच।

(एक हथियारबन्द दूसरे की पीठ पर चढ़कर भाले पर से सिर उतारता है और फाटक के ऊपर थामता है।)

नहीं, बीच में नहीं है—थोड़ा दाएँ, ठीक दोस्तो। मैं जो कुछ करता हूँ कायदे से करता हूँ।

(एक हथियारबन्द हथौड़े से कील ठोंककर सर को बालों के सहारे बाँध देता है।)

आज सुबह ही गिरजे ही देहरी पर मैंने जार्जी आबाशविली

से कहा था–'साफ आसमान मुझे बहुत ही सुहाना लगता है। असल में मुझे वह गाज पसन्द है जो साफ आसमान से टूटती है। हाँ ! पर अफसोस की बात यह है कि वे उस पिल्ले को ले गए। मुझे वह पिल्ला चाहिए, हर हालत में। पूरा ग्रूसीनिया छान डाला जाए। एक हजार पियास्त्तर इनाम !

(ग्रूशा सँभलकर घुसती है, तभी मोटा राजकुमार और हथियारबन्द जाते हैं। टापों की आवाजें फिर सुनाई देती हैं। एक बंडल लिए ग्रूशा बाहर की तरफ चलती है। जाते-जाते देखती है कि बच्चा वहाँ है या नहीं–इसी क्षण गायक कहानी शुरू करता है और वह निश्चल खड़ी रह जाती है।)

गायक : फाटक से थोड़ी दूर अहाते के अन्दर
ग्रूशा के कानों में गूँजा
या समझो उसने महज कल्पना में सोचा :
कोमल बोली में बच्चा उसे पुकार रहा,
आवाज समझदारी से छनकर आई थी
बच्चे का महज प्रलाप न था
कम-से-कम उसको तो ऐसा ही लगता था :
ओ जानेवाली ! मदद करो !
आवाज समझदारी से छनकर आई थी
बच्चे का महज प्रलाप न था।
'ऐसी पुकार को जो कान न देकर गुजर जाए
जो सुनी-अनसुनी कर दे
उसके कानों तक नहीं पहुँचती अपने प्रियतम की पुकार !
वह मधुर प्यार के आह्वान से भी वंचित रह जाती है
थकी देह की सुख-साँसें
या कोयल की सुमधुर पुकार
कुछ भी उसके कानों तक नहीं पहुँचता है
ऐसा सुनकर–
(ग्रूशा कुछ आगे बढ़कर बच्चे पर झुकती है)
वह फिर बच्चे के पास गई
बस उसकी एक झलक पाने
बस मिनट एक-दो संग रहने
इस आशा में

तब तक शायद कोई आ जाए
इसकी माँ,
या शायद कोई भी,
हाँ, कोई भी शायद आ जाए !

(वह बच्चे की तरफ मुँह करके एक बक्से का सहारा लेकर बैठ जाती है।)

जाने से पहले के वे क्षण !
जब खतरा अपने चरम रूप में सर पर नाच रहा था
सारा शहर
आग की लपटों में धू-धू जलता
भय चारों ओर समाया था !

[प्रकाश मद्धिम पड़ता जाता है—जैसे कि शाम और रात उतर रही हैं--ग्रूशा महल में जाकर एक कुप्पी (छोटा लैम्प) और कुछ दूध ले आई है। बच्चे को दूध पिलाती है।]

गायक : *(ऊँची आवाज में)* कितना बीहड़ होता है अच्छे बनने का यह आकर्षण !

[ग्रूशा रात-भर बच्चे की निगरानी करने की बात मन में तय कर लेती है। बच्चे को देखने के लिए एक कुप्पी (छोटा लैम्प) जलाती है। फिर वह उसे रेशमी कोट में लपेट देती है। बार-बार वह आहट लेती है कि कहीं कोई आ तो नहीं रहा।]

बच्चा था वह भी
और समय था बीत रहा, वह बैठी थी...
दिन ढला, शाम बीती...रात भी बीत चली
वह बैठी थी टकटकी बाँधकर
देख रही थी साँसों का
उन कोमल साँसों का उठना-गिरना
औ' बँधी मुट्ठियाँ नन्हीं-नन्हीं !
मन की ममता के छोर उजाले के संग बढ़ते जाते थे,
वह उठी झुकी, भर आँख निहारा बच्चे को
सिलसिला साँस का तेज हुआ—बच्चे को उसने उठा लिया,
हाँ, उठा लिया, उस समय की दुनिया से बाहर ले जाने को !

(कथा-गायक जो-जो गाता है, वह करती जाती है।)

ले चली उठाकर बच्चे को वह दबे पाँव !
जैसे
चोरी का माल उठाए जाती हो
बिल्कुल चोरों की तरह दबे पाँव,
चुपके-चुपके वह निकल चली !

3

उत्तरी पहाड़ों में फरार होना !

गायक : दूर
शहर से बाहर
ग्रूशा बढ़ी जा रही
ग्रूसीनिया के राजमार्ग पर
उत्तर की पर्वतमालाएँ लगीं झाँकने
उसने थोड़ा दूध खरीदा
गाना गाती चली जा रही !

गायकवृन्द : जो दयावान हैं, वे कैसे बच पाएँगे
निर्दयी खून के प्यासों से ?
षड्यन्त्रकारियों, हृदयहीन हैवानों से !
वह भटक रही थी
बियाबान सुनसान पहाड़ों के नीचे
वह भटक रही थी राजमार्ग पर
गाना गाती।

(ग्रूशा वशनाद्‌जे चली जा रही है। बच्चा पीठ पर झोली में बँधा हुआ है। एक हाथ में लम्बी लाठी है, दूसरे में गठरी।)

(ग्रुशा गाती है)

चार सेनापति चले ईरान
चार सेनापति, एक भी नहीं इंसान
पहले ने हमला ही नहीं किया
दूसरे ने दुश्मन को यूँ ही चले जाने दिया
तीसरे को मौसम मुआफिक नहीं आया
चौथे के लिए सिपाहियों ने हाथ न उठाया
चार सेनापति लड़ने को चले,

चारों सेनापति लौट आए चंगे-भले
सोसो रोबाकिद्से चला ईरान
सोसो रोबाकिद्से था इंसान
उसने जबर्दस्त हमला किया
उसने दुश्मन को बिल्कुल धर दबाया
उसके लिए मौसम ने अच्छाइयाँ बिछा दीं
उसके लिए सिपाहियों ने जान की बाजी लगा दी
सोसो रोबाकिद्से चला ईरान
सोसो रोबाकिद्से को है
हमारा ध्यान !

(एक किसान का झोंपड़ा दिखाई देता है।)

ग्रूशा : *(बच्चे से)* दोपहर हो गई...अब तुम्हारी भूख का समय, हूँ ! यहाँ घास पर अपन मौज से बैठेंगे हाँ...ग्रूशा जाएगी—थोड़ा-सा दूध खरीदकर लाएगी *(बच्चे को जमीन पर लिटाकर झोंपड़े का दरवाजा खटखटाती है। एक बूढ़ा किसान दरवाजा खोलता है।)*

बाबा। थोड़ा-सा दूध मिल सकेगा ? हो सके तो मक्के की रोटी भी ?

बूढ़ा : दूध ? दूध तो सपना हो गया ! शहर से फौजी आए थे, सारी बकरियाँ ले गए। दूध चाहिए तो फौजियों के पास जाओ।

ग्रूशा : बाबा, बच्चे-भर के लिए, थोड़ा-सा तो होगा तुम्हारे पास ?

बूढ़ा : 'भगवान भला करे।' के नाम पर...क्यों न ? वाह-वाह !

ग्रूशा : दुआ के नाम पर कौन माँगता है ?

(बटुआ निकालती है।)

बूढ़ा : शाहों की तरह दाम देंगे।...तन पे नहीं लत्ता, पान खाएँ अलबत्ता। ढंग तो देखो !

(बूढ़ा बड़बड़ाता हुआ दूध लेने जाता है।)

ग्रूशा : कितना दाम होगा, इतने-से दूध का ?

बूढ़ा : तीन पियास्तर ! दूध का भाव चढ़ गया है !

ग्रूशा : बूँद-भर के तीन पियास्तर !

(बिना कुछ बोले बूढ़ा खटाक् से दरवाज बन्द कर लेता है।)

माइकेल सुना यह ? तीन पियास्तर कहाँ से दे पाएँगे !

(वापस जाती है, बच्चे के मुँह में अपना दूध दे देती है।)

अच्छा ऐसे पियो..पियो न ! तीन पियास्तर की मजबूरी समझ कर पी लो ! दूध तो नहीं है राजे, यही समझ लो, तुम पी रहे हो...यही क्या कम है *(सिर झुकाकर वह देख-समझ लेती है कि बच्चा पी नहीं रहा है। वह उठती है। दरवाजे तक फिर जाती है--खटखटाती है।)*

(फुसफुसाकर)

परमात्मा तुझे सबक सिखाए।

(बूढ़ा नमूदार होता है।)

मैंने तो आधा पियास्तर सोचा था ! बच्चा तो खैर पिएगा ही ! एक ले लो !

बूढ़ा : दो !

ग्रूशा : फिर दरवाजा मत बन्द कर लेना।

(बटुए में खखोरती है।)

ये रहे दो पियास्तर; दूध बिगड़ न जाए—हमें बहुत दूर जाना है। ये दाम हैं कि लूट है...यह सरासर बेईमानी है।

बूढ़ा : बेईमानी ! दूध चाहिए तो फौजियों का खात्मा कर दो !

ग्रूशा : *(बच्चे को दूध देकर)* काफी महँगा मजाक है, पी लो माइकेल ! यह आधे हफ्ते की कमाई का है। यहाँ लोग समझते हैं, हमने बिना हाथ-पैर हिलाए पैसा कमाया है। माइकेल...तेरे इत्ते भोले-भाले ये नखरे बड़े प्यारे हैं राजे, पर थोड़ी मुश्किल में डाल देते हैं !

(ज़री का कोट देखते हुए, जिसमें बच्चा लिपटा हुआ है)

हजार पियास्तर का यह ज़री का कोट ! पर दूध के लिए एक पियास्तर नहीं है।

(वह इधर-उधर देखती है।)

देखो...अरे गाड़ी है। सेठानियाँ भी साथ हैं...इसमें जगह मिल जाए तो...अपन को जगह मिलनी ही चाहिए।

(एक सराय के सामने ग्रूशा ज़रीवाला कोट पहने बच्चे को लिए दो सजी-धजी औरतों के पास पहुँचती है।)

ग्रूशा : अच्छा, आप भी यहीं रात गुजारना चाहती हैं ! बड़ी मुश्किल है। कहीं जगह ही नहीं है। गाड़ी भी नहीं मिलती। मेरा गाड़ीवाला वापस चला गया। आधे मील से पैदल आ रही हूँ। नंगे पैर...मेरे ईरानी जूते...उनकी एड़ियाँ तो... बस...कोई निकलकर आ ही नहीं रहा है !

बड़ी औरत : य सरायवाले अपनी मौज के मालिक होते हैं। जब से राजधानी में गड़बड़ी शुरू हुई है...सारे तौर-तरीके ही खत्म हो गए हैं।

(सरायवाला नमूदार होता है। शानदार बूढ़ा आदमी है। दाढ़ी लम्बी है। उसके पीछे नौकर है।)

सरायवाला : आप लोगों को इन्तजार करना पड़ा—उसके लिए यह बूढ़ा माफी चाहता है। मेरा छोटा नाती मुझे जरा आड़ू का पेड़ दिखा रहा था। खूब फूल रहा है...उधर ढलान पर, खेत के उस तरफ। उधर और पच्छिम में *(इशारा करता है।)* जमीन बड़ी पथरीली है। उधर किसान भेड़ें चराते हैं। आप लोग भी फूला हुआ आड़ू का पेड़ जरूर देखिए... गुलाबी छटा तो बेहद खूबसूरत है।

बड़ी औरत : आपका इलाका बड़ा उपजाऊ है।

सरायवाला : परमात्मा की दया है। दक्षिण में तो बहुत आड़ू फूले हुए मिले होंगे...कहाँ तक फूल चुके हैं ? मेरे खयाल से आप दक्षिण से ही आ रही हैं ?

जवान औरत : मैंने रास्ते के दृश्यों का खयाल नहीं किया।

सरायवाला : *(नम्रता से)* ठीक ही किया। धूल बहुत उड़ती है। बहुत जल्दी न हो तो इन मुख्य सड़कों पर धीरे-धीरे ही चलना चाहिए।

बड़ी औरत : गला ढँक लो...शाम की हवा है, जरा ज्यादा ही ठंडी है... *(दूसरों से)*

सरायवाला : यह हवा जंगातऊ ग्लेशियर पर से आती है।

ग्रूशा : हाँ, मैं तो डर रही हूँ। कहीं मेरा बेटा सर्दी न खा जाए।

बड़ी औरत : सराय तो काफी बड़ी है। हम चलें ?

सरायवाला : ओ हो, आपको कमरे चाहिए ? सब ठसाठस भरे हुए हैं। नौकर भी भाग गए हैं। मुझे बहुत अफसोस है, एक के लिए भी जगह नहीं है...सिफारिश लेकर भी कोई आए, तब भी नहीं।

जवान औरत : पर हम सड़क पर तो रात नहीं गुजार सकते।

बड़ी औरत : *(रुखाई से)* कितने तक में...

सरायवाला : देखिए, आप भी मानेंगी, वक्त बड़ा खराब है। तमाम फरार लोग आजकल पनाह खोजते फिर रहे हैं—खासे इज्जतदार लोग, जिनके सम्बन्ध अधिकारियों से अच्छे नहीं हैं...ऐसे में खासतौर से बहुत सतर्क रहना चाहिए। इसीलिए...

बड़ी औरत : हम फरार लोग नहीं हैं। हम तो गर्मियाँ बिताने के लिए अपने पहाड़वाले घर जा रहे हैं। तभी तो हमें पनाह-वनाह माँगने का खयाल तक नहीं आया।

सरायवाला : *(सहमति में सर हिलाते हुए)* यह तो सही है, पर मेरे पास तो एक बहुत छोटा-सा कमरा है, वह आप लोगों के लिए ठीक भी रहेगा या नहीं, मैं कह नहीं सकता। एक जन के लिए भाड़ा--साठ पियास्तर--क्या करूँ ! आप लोग साथ हैं ?

ग्रूशा : यही समझिए...मुझे भी जगह की जरूरत है।

जवान औरत : साठ पियास्तर ! यह तो कमरतोड़ भाड़ा है।

सरायवाला : *(ठंडेपन से)* कमर तोड़ने का अपना इरादा कत्तई नहीं है। इसीलिए तो...

(चलने को मुड़ता है)

बड़ी औरत : कमर की बात कोई बहुत जरूरी नहीं है। चलो, भीतर चलें।

(वह घुसती है, नौकर पीछे-पीछे जाता है।)

जवान औरत : *(परेशानी से) एक कमरे का एक सौ अस्सी पियास्तर !*

(ग्रूशा को देखकर)

बच्चे के साथ तो और भी आफत होगी। ये रोए-चिल्लाएगा।

सरायवाला : कमरे का भाड़ा है--एक सौ अस्सी ! चाहे दो रहिए या तीन !

जवान औरत : *(ग्रूशा के प्रति रुख बदलते हुए)* मैं तो खैर यह सोचना भी बर्दाश्त नहीं कर सकती कि तुम्हें ज़गह न मिले, आओ-आओ, भीतर आओ।

(वे भीतर घुसती हैं। पिछवाड़े नौकर कुछ सामान उठाए दिखाई पड़ता है। उनके पीछे बड़ी औरत। जवान औरत, ग्रूशा और बच्चा उनके भी पीछे हैं।)

जवान औरत : एक सौ अस्सी पियास्तर ! मैं तो सुनकर हैरान हूँ। इतनी सख्त हैरानी एक बार तो तब हुई थी जब वे इगोर को घर लाए थे, उसके बाद आज हुई है।

बड़ी औरत : इगोर की बात करना जरूरी है ?

जवान औरत : देखा जाए तो हम चार हैं। बच्चा भी एक गिना जा सकता है, नहीं ? *(ग्रूशा से)* कम-से-कम आधा भाड़ा तो तुम्हें देना चाहिए, क्यों ?

ग्रूशा : यह मुश्किल है। मुझे असल में बड़ी जल्दी-जल्दी में चल

देना पड़ा। और सैनिक-सहायक जरूरत-भर का पैसा भी देना भूल गया।

बड़ी औरत : क्या साठ भी नहीं हैं ?

ग्रूशा : इतने तो मैं दे दूँगी।

जवान औरत : पलंग किधर है ?

नौकर : पलंग-वलंग नहीं है। कुछ बोरे और कम्बल पड़े हैं, उन्हें खुद बिछा लीजिए। शुक्र मनाइए कि पैर पसारने भर को जगह मिल गई, औरों को तो यह भी मयस्सर नहीं है। *(जाता है।)*

जवान औरत : यह बकवास सुनी ! मैं अभी सराय के मालिक के पास जाती हूँ—इस आदमी की तो चमड़ी उधेड़ देनी चाहिए।

बड़ी औरत : तुम्हारे पति की तरह ?

जवान औरत : क्यों जले पर नमक छिड़क रही हो।

(रोने लगती है।)

बड़ी औरत : सोने के लिए कैसे क्या इन्तजाम किया जाए ?

ग्रूशा : मैं करती हूँ।

(बच्चे को नीचे लिटा देती है।)

संग-साथ में हमेशा बड़ी आसानी रहती है। तुम्हारी गाड़ी तो सही-सलामत है। *(फर्श साफ करती हुई)* अब आज ही देखिए न...मुझे अपने पतिदेव की बात पर बड़ा ताज्जुब हुआ। दोपहर के खाने से पहले मेरे पतिदेव जिद करने लगे, बोले, 'अनस्तासिया कटारिनोवस्का ! जाओ, कुछ देर लेटकर आराम कर लो। जरा से में तो तुम्हारे आधा-सीसी का दर्द होने लगता है !'

(बोरे बिछाकर वह बिस्तर बना देती है। दोनों औरतें उसे काम करते देख रही हैं और आँखों-आँखों में एक-दूसरे से कुछ कह रही हैं।)

मैंने गवर्नर साहब से कहा, 'जार्जी, साठ मेहमान दोपहर के खाने पर होंगे, ऐसे में मैं भला कैसे लेट सकती हूँ। नौकरों पर भरोसा नहीं किया जा सकता और फिर माइकेल जार्जीविच मेरे बिना खाएगा नहीं।

(माइकेल से)

देखा माइकेल ! अभी सब ठीक हुआ जाता है।...मैंने क्या कहा था तुमसे ?

(वह एकदम अनुभव करती है कि वे दोनों औरतें बड़ी

अजीब नजरों से उसे देख रही हैं और फुसफुसा-फुसफुसाकर बातें कर रही हैं।)

लो...सब हो गया—कम-से-कम नंगे फर्श पर तो अब नहीं लेटना पड़ेगा। मैंने कम्बलों को दोहरा कर दिया है।

बड़ी औरत : *(धूर्तता से)* बिस्तर लगाने में बड़ी माहिर लगती हो ! जरा अपने हाथ दिखाना।

ग्रूशा : *(डरकर)* क्या ?

जवान औरत : हाथ दिखाने को कह रही हैं।

(ग्रूशा हाथ दिखाती है।)

जवान औरत : *(बड़े उत्साह से)* खुल गई पोल। नौकरानी कहीं की।

बड़ी औरत : *(दरवाजे पर जाकर चीखती है।)* ऐ ! कोई है ?

जवान औरत : अब तुम पकड़ी गई हो ! धोखेबाज कहीं की ! अब फौरन उगल दो, किस नीयत से तुमने यह चाल चली है।

ग्रूशा : *(बदहवासी में)* मेरी नीयत में कोई खोट नहीं है। मैंने सोचा, आप अपनी गाड़ी में शायद हमें कुछ दूर पहुँचा दें। मैं विनती करती हूँ...शोर मत मचाओ। मैं खुद ही चली जाऊँगी।

जवान औरत : *(बड़ी औरत अब भी वहीं खड़ी पुकार रही है।)* जाओगी तुम जरूर, पर पुलिस के साथ ! अभी यहीं रुको। यहाँ से हिलीं तो ठीक नहीं होगा !

ग्रूशा : मैं साठ पियास्तर देने को राजी थी, ये रहे *(बटुआ दिखाती है।)* देख लो—इसमें हैं। ये दस-दस के चार, ये पाँच का एक—नहीं एक और दस का। एक दस का और...हो गए साठ। गाड़ी में बच्चा चला चले, बस इतना चाहती हूँ, ईमानदारी से।

जवान औरत : हूँ...बस इतना चाहती हो ! गाड़ी में चलने का इरादा है। अब खुली बात।

ग्रूशा : देखो—मैं सब कुछ सच-सच बताए देती हूँ। मैं खुद गरीब घराने की हूँ। पुलिस को मत बुलाइए। यह बच्चा राजसी घराने का है। ये कपड़े ही देख लीजिए। यह बच्चा फरार है—आपकी ही तरह।

जवान औरत : राजसी घराने का ! हमें पता है। इसका बाप तो कोई राजकुमार होगा...क्यों ?

ग्रूशा : *(बड़ी औरत से—बहुत तल्खी से)* चीखना बन्द करो ! क्या दिल की जगह पत्थर है तुम्हारे ?

जवान औरत : *(बड़ी औरत से)* अरे बचना ! यह हमला करनेवाली है। बड़ी खतरनाक औरत है। अरे बचाओ...मार डाला...खून !

नौकर : *(आता है।)* यह क्या शोर मचा रखा है ?

बड़ी औरत : यह बदजात यहाँ शरीफ बन के घुस आई है। ये चोर है।

जवान औरत : और खतरनाक भी। यह हमारा खून करना चाहती थी। पुलिस को बुलाओ। ओह ! मेरा माथा फटने ही वाला है...दर्द बढ़ रहा है !

नौकर : इस वक्त यहाँ कोई पुलिस-फुलिस नहीं है।

(ग्रूशा से)

उठाओ अपनी चीजें ! चलती बनो।

ग्रूशा : *(गुस्से में भरी बच्चे को उठाती है।)* अरे राक्षसो ! तुम्हारे ही सर कीलों से ठोंक-ठोंककर दीवारों पर सजाए जा रहे हैं।

नौकर : *(उसे बाहर धकेलते हुए)* अपना जाल यहाँ से समेट ! नहीं तो बूढ़ा आकर सीधा करेगा। वह यह तमाशा बर्दाश्त नहीं करेगा।

बड़ी औरत : *(जवान औरत से)* जरा देखना, इसने कुछ चुराया-वुराया तो नहीं है !

(दाहिनी ओर, दोनों औरतें जोर-शोर से देख रही हैं कि कुछ चोरी तो नहीं गया है। बाईं ओर दरवाजे से ग्रूशा और नौकर का प्रस्थान)

नौकर : आँख खोल के चलना चाहिए, समझीं ! लोगों में घुलने-मिलने से पहले उन्हें परख भी लेना चाहिए।

ग्रूशा : मैंने सोचा, वे अपने बराबर का समझकर शायद बेहतर सलूक करेंगी।

नौकर : अरे ये वो लोग नहीं हैं जो चमड़ी का मैल तक दे दें। इन काहिल और बेकार लोगों की नकल करने से बड़ी और सजा क्या हो सकती है ? इन्हें शक भर हो जाए कि तुम्हारी कूल्हों पर हाथ पोंछ लेने की आदत है या तुमने कभी झाड़ू छुई भी है, बस—इनकी इंसानियत हवा हो जाती है। एक मिनट रुको, मक्के की रोटी और कुछ सेब मैं अभी तुम्हारे लिए लाता हूँ।

ग्रूशा : रहने दो। बूढ़ा आ पहुँचे, इससे पहले निकल जाऊँ, यही ठीक है—सारी रात चलूँगी तो खतरे से पार हो जाऊँगी।

(वह चली जाती है।)

नौकर : *(पीछे से धीमी आवाज में)* अगले चौराहे से दाएँ मुड़ना।

(वह जा चुकी है।)

गायक : जैसे-जैसे ग्रूशा उत्तर की ओर बढ़ी
पीछे ही लगे रहे हथियारबन्द
उसकी तलाश में !

गायकवृन्द : कैसे बच पाएगी वह
नंगे पैरों भागती हुई लड़की
हथियारबन्दों से ?
जान के प्यासे भला उन खूनी भेड़ियों से ?
रातों-दिन घूम रहे उसकी तलाश में।
पीछा करनेवाले कभी नहीं थकते हैं
नींद कहाँ आती है जल्लादों को !

(दो हथियारबन्द थके कदमों से सड़क पर चले आ रहे हैं।)

एक छोटा सैनिक अधिकारी : अबे घामड़ ! तू कभी कुछ नहीं कर पाएगा...इसलिए कि किसी काम में तेरा मन नहीं लगता। छोटी-छोटी बातों से सब अन्दाजा लग जाता है। कल जब मैंने उस मोटी औरत को थाम लिया था, तो तूने उसके शौहर को गर्दन से पकड़ा भी, साले के पेट में ठोकरें भी मारीं....जैसा-जैसा मैंने कहा, तूने किया—पर एक शाही और खास सिपाही की तरह मजा ले-लेकर तूने कुछ भी नहीं किया। तू तो बस सिपाही होने की लकीर पीट रहा था। मैं गौर से देख रहा था। शेर की खाल में गीदड़ ! खाक तरक्की मिलेगी।

(कुछ देर खामोशी से चलते हैं।)

हुक्म उदूली की तेरी आदत है, तू समझता है, मैं देखता नहीं ? ये लँगड़ाकर चलना बन्द कर। मैं सब समझता हूँ। तू जान-बूझकर लँगड़ा रहा है—इसीलिए कि मैंने घोड़े बेच दिए हैं...न बेचता तो ये दाम फिर खड़े नहीं होते, समझा ! तू लँगड़ाकर जताना चाहता है कि पैदल चलना तुझे पसन्द नहीं। इससे तेरा बनेगा कुछ नहीं, उल्टे बिगड़ जाएगा... गाना गा।

(दोनों हथियारबन्द गाते हैं—)

एक दिन मई के महीने में सुबह-सुबह
अपनी प्रिय के अधर चूम

भरे दिल से हम निकल पड़े—
ओ मेरे दोस्तो !
जब तक न आएँ हम वापस लड़ाई से लौट
अपने घोड़ों पर जीते-जागते और रण जीतकर
तब तक सँभालना मेरी प्रिया को
ओ मेरे दोस्तो !

सैनिक अधिकारी : और जोर से।

दोनों हथियारबन्द : जब मैं सो जाऊँगा अपनी अटूट नींद में
और मेरी तलवार को जंग खा जाएगी
तब मुट्ठी-भर धूल लिए आएगी मेरी प्रिया...
मेरी कब्र पर!
चलकर जिन पैरों मैं, खुशी में डूबा उसके दरवाजे जाता था
बाँध लेता था उसे जिन बाँहों में
हाय ! वे ही निश्चल पैर और मुर्दा बाँहें
उसे अब बहुत-बहुत तड़पाएँगी !

(वे फिर खामोशी से चलने लगते हैं।)

सैनिक अधिकारी : अच्छा सिपाही वह है जो अपना खून-पसीना एक करता है, जो अपने सरदार के लिए बोटी-बोटी कटवा देता है पर उफ नहीं करता। मरते हुए भी उसे बराबर अहसास रहता है कि उसका सरदार यही ठीक समझता है, और उसकी यही मर्जी है। उसका इनाम सिर्फ यही होता है। यही उसकी सबसे बड़ी तमन्ना होती है। पर तेरी किस्मत में यह बदा नहीं है...उसमें ऐसे ही बड़बड़ाते रहना लिखा है। लानत है, तेरे जैसे गधे को लेकर गवर्नर के उस हरामी पिल्ले को कैसे ढूँढ़ा जा सकता है।

गायक : जब ग्रूशा सिर्रा सरिता के तट पर पहुँची
थके पाँव, शिथिल गान...
एक-एक कदम उसे भारी था
निस्सहाय बच्चे को लादे लाचारी में !

गायकवृन्द : मक्के के खेतों में फैल रही सुबह की गुलाबी किरणें
नींद-भरी आँखों में तीर सदृश चुभती थीं ग्रूशा के
खेतघरों से उठता रसोई का धुआँ...और
दूध से भरी बर्तनों की खुशनुमा खनक...
शंकित मन भाग रही बेचारी ग्रूशा को—
याद दिलाते थे,

सुलग रही बस्तियों और खतरे की घाटियों की !
थकावट में बच्चा नहीं,
बच्चे का महज वजन उसे याद आता था !

(ग्रूशा एक खेतघर के सामने रुकती है।)

ग्रूशा : फिर तुमने मुत्ती कर ली। तुम्हें पता है, अब कपड़े की एक चिन्दी तक अपने पास नहीं है। माइकेल—अब अपनी नहीं निभेगी ! शहर भी बहुत पीछे रह गया है...वे इतनी जान नहीं खपाएँगे कि तुम्हारा पीछा करते हुए इतनी दूर तक आएँ। यह औरत ममतामयी लगती है...और...दूध-ही-दूध की महक यहाँ भरी हुई है...अच्छा, मेरे राजे...माइकेल, रात-भर मैं तेज-तेज भागती रही...कित्ती लातें तूने मारी थीं...तेज भागती रहूँ इसीलिए मारी थीं न ? और मेरे राजे, तुझे पूरा दूध तक नहीं दे सकी...यह भुला देना। मैं क्या करती। मैं तुझे हमेशा साथ रखती...तेरे ये कोंपल-से नन्हें-नन्हें ओंठ—पर मैं बेबस हूँ। पहली-पहली चिड़िया मैं दिखाती तुझे, और तू देखता। फिर सिखाती तुझे कि कपड़े गीले नहीं करते। पर मुझे लौटकर जाना है। एक है, सिपाही—जो जल्दी ही आता होगा...अगर मैं उसे वहाँ न मिली तो...यह तो तुम भी नहीं चाहोगे माइकेल !

(एक मोटी देहातिन दूध की बाल्टी लिए दरवाजे पर पहुँचती है। ग्रूशा इन्तजार करती है कि वह भीतर चली जाए। फिर धीरे-धीरे घर के पास पहुँचती है। दरवाजे तक पंजों के बल जाती है। बच्चे को देहरी पर लिटा देती है फिर एक पेड़ के पीछे छिपकर तब तक देखती रहती है जब तक देहातिन लौटकर और दरवाजा खोलकर बच्चे को देख नहीं लेती।

देहातिन : हे भगवान ! यह क्या है ? अरे सुनते हो !

देहाती : क्या हुआ ? जरा शोरबा पी रहा हूँ, पीने भी दोगी या नहीं !

देहातिन : *(बच्चे से)* कहाँ है माँ तुम्हारी ? नहीं है ? अरे, यह तो लड़का है...
कपड़े-लत्ते भी बढ़िया हैं...जरूर यह अच्छे घर का है। यहाँ छोड़ गए...क्या जमाना आ गया है।

देहाती : कोई यह समझकर छोड़ गया है कि हम इसे पाल लेंगे... तो उसने भूल की है। इसे ले जाओ और गाँव के पादरी

को दे आओ...और क्या हो सकता है !

देहातिन : पादरी क्या करेंगे ? इसे माँ चाहिए। देखो-देखो...आँखें खोल रहा है। हम इसे पाल लें तो ?

देहाती : *(चीखकर)* नहीं !

देहातिन : अरे, वहाँ कोने में कुर्सी के पास लेटा रहा करेगा। एक पालना चाहिए, बस। खेत पर जाऊँगी तो साथ ले जा सकती हूँ। देखो कैसे मुस्कुरा रहा है। सुनते हो, परमात्मा ने हमें खेलघर दिया है। अरे इतना तो हम कर ही सकते हैं। मैं नहीं सुनूँगी कुछ !

(बच्चे को भीतर घर में ले जाती है। किसान भी पीछे जाता है--बिगड़ता हुआ। ग्रूशा पेड़ के पीछे से निकलती है। हँसती है और जल्दी-जल्दी दूसरी दिशा में चली जाती है।)

गायक : इतनी खुश क्यों हो तुम ?
इसलिए कि अब घर अपने जाओगी तुम !

गायकवृन्द : खुश हूँ इसलिए
कि बच्चे की एक मुस्कान से
इसे नए माता-पिता मिल गए हैं
इसलिए खुश हूँ मैं !

गायक : और तुम दुखी क्यों हो ?

गायकवृन्द : क्योंकि मैं अकेली हो गई हूँ अब
मुक्त हो गई हूँ बोझ से बच्चे के
लेकिन उस बोझ में
धड़क रहा था
नन्हा-सा एक दिल !
लुटा गई मेरी धरोहर वह
मेरे पास रह क्या गया है अब ?
मैं हूँ दुखियारी,
लुटी-हारी अकिंचन-सी !

(ग्रूशा कुछ देर चलती है कि उसे वही दो हथियारबन्द मिलते हैं। वे उसे भाला दिखाकर रोक लेते हैं।)

सैनिक अधिकारी : आप हथियारबन्द फौजियों के रू-ब-रू हैं। कहाँ से आ रही हैं ? कब से निकली हुई हैं ? दुश्मन से आपके कुछ ऐसे-वैसे कानूनी, गैर-कानूनी सम्बन्ध-सिलसिले तो नहीं ? किधर छुपे हैं वे ? उधर दुश्मन की गतिविधियाँ--मोर्चेबन्दी

वगैरह कैसी और क्या-क्या हैं ? पहाड़ियों पर क्या हलचलें हैं ? और घाटी में ? ये मोजे आपने कैसे बाँध रखे हैं ?

(ग्रूशा डरी-सहमी खड़ी रहती है।)

ग्रूशा : कस कर बाँध रखे हैं। जरा पीछे हट जाएँ तो मुझे...

सैनिक अधिकारी : पीछे ! मैं हमेशा हट जाता हूँ, इस मामले में पक्का हूँ ! भाले को इस तरह घूर-घूरकर देख रही हैं ? लड़ाई के मैदान में सिपाही अपना भाला कभी भी नीचा नहीं करता। यह आदेश है *(सैनिक से)* इस बात को गाँठ बाँध ले घामड़ ! हाँ, तो आप किधर जा रही हैं ?

ग्रूशा : अपने मँगेतर से मिलने...उसका नाम साइमन शशावा है... वह नूखा में महल का पहरेदार है। मैं उसे लिखूँगी—वही तुम्हारी अक्ल ठिकाने लगाएगा।

सैनिक अधिकारी : साइमन शशावा ? अरे तब तो ठीक है ! मैं उसे जानता हूँ। उसने मुझे चाबी दी थी...कि कभी-कभार मैं आपको देखता-भालता रहूँ। अबे घामड़, अपनी साख गिर रही है। इसे यह महसूस करा देना चाहिए कि हमारे इरादे एकदम नेक हैं। देखिए, मेरे इस ऊपरी चुलबुलेपन के नीचे बड़ी गम्भीरता छुपी हुई है, सो अब सरकारी तौर पर बताए देता हूँ—मैं आपसे एक बच्चे का तलबगार हूँ !

(ग्रूशा हल्के से चीख पड़ती है।)

वह समझ गई। देखा घामड़ ! ये मीठी-मीठी घबराहट की सिसकारी है न ! 'छोड़ो सिपाही...मेरी रोटी जल रही है...फटी चोली तो बदल लेने दो, जालिम सिपाही।' खैर, मजाक अलग और भाड़ में जाए भाला। देखिए, इस इलाके में हम एक बच्चे को ढूँढ़ रहे हैं। बड़े शहरी घराने का है। बढ़िया कपड़ों में है। आपके कान में कहीं कोई भनक तो नहीं पड़ी !

ग्रूशा : नहीं। मुझे कुछ पता नहीं।

गायक : ओ दयावन्त ! भागो-भागो
जल्लाद तुम्हारे पीछे हैं
ओ निस्सहाय
बेबस बच्चे को लेकर
हो जाओ बाहर, निर्दयी आ रहे हैं पीछे !

(ग्रूशा एकाएक डर जाती है, मुड़कर भागती है। हथियारबन्द एक-दूसरे को देखते हैं, फिर बकते हुए

उसके पीछे चले जाते हैं।)

गायकवृन्द : रोशनी की एक किरन
गहनतम अँधेरे में भी
मिल ही जाती है !

(देहातिन बच्चे के झूले पर झुकी हुई है—तभी ग्रूशा घुसती है।)

ग्रूशा : इसे छुपा लो, जल्दी। हथियारबन्द आ रहे हैं। मैं ही इसे देहरी पर छोड़ गई थी...पर यह मेरा नहीं है। यह बड़े घराने का है।

देहातिन : कौन आ रहा है ? कैसे हथियारबन्द ?

ग्रूशा : सवाल-जवाब का वक्त नहीं है। वे हथियारबन्द इसी की तलाश में हैं।

देहातिन : मेरे घर से उन्हें क्या लेना-देना। पर जरा तुमसे दो बातें कर लूँ।

ग्रूशा : इसके ये बढ़िया कपड़े उतार दो, नहीं तो पोल खुल जाएगी।

देहातिन : ये करो, वो करो...क्या मतलब है ? इस घर में जो करती हूँ, मैं करती हूँ। यहाँ तुमने यह तमाशा क्या लगा रखा है...काहे को इसे यहाँ छोड़ गई थीं ? यह पाप है !

ग्रूशा : *(खिड़की से बाहर देखती हुई)* वो...वो आ रहे हैं...पेड़ों के पीछे तक पहुँच भी गए हैं ! मुझे भागना नहीं चाहिए था। इससे उन्हें अन्दाज लग गया है। हाय, अब मैं क्या करूँ ?

देहातिन : *(खिड़की से बाहर देखती है और अतिशय डरकर)* गजब हो गया ! सिपाही !

ग्रूशा : वे बच्चे को खोज रहे हैं !

देहातिन : वे यहाँ आ गए तो ?

ग्रूशा : तो इसे मत देना, कह देना यह तुम्हारा है।

देहातिन : अच्छा !

ग्रूशा : तुमने दे दिया तो वे इसे जिन्दा नहीं छोड़ेंगे।

देहातिन : अगर उन्होंने माँगा तो...? ठीक है, घर में फसल का कुछ पैसा पड़ा है...।

ग्रूशा : अगर तुमने दे दिया तो वे इसे यहीं, इसी कमरे में काटकर फेंक देंगे। तुम यही कहना, यह तुम्हारा है।

देहातिन : वे मेरी बात न मानें, तो ?

ग्रूशा : तभी तो कहती हूँ—यही बोलना कि यह बच्चा तुम्हारा है।

माइकेल नाम है इसका। हाय ! यह मैं क्या कह गई।

(देहातिन सर हिलाती है।)

ऐसे सर मत हिलाओ और काँपो मत, नहीं तो वे समझ जाएँगे।

देहातिन : अच्छा।

ग्रूशा : यह अच्छा-अच्छा भी बन्द...मुझसे नहीं सुना जाता।

(उसे झकझोरकर)

क्या तुम्हारे कोई बच्चा नहीं है ?

देहातिन : *(अपने में बड़बड़ाती है)* लाम पर है।

ग्रूशा : और अगर वह भी इन्हीं हथियारबन्दों की तरह हो जाए ? और इन्हीं की तरह बच्चों को मौत के घाट उतारता फिरे तो ? तो क्या तुम चुप बैठी रहोगी ? कहोगी नहीं क्या—'अपना भाला उधर फेंक...ये यहाँ नहीं चलेगा। क्या इसीलिए तुझे पाल-पोसकर बड़ा किया था...जा, कायदे से आदमी की तरह कमरे में आ, तब बात करूँगी।'

देहातिन : तुम ठीक कहती हो। चुप तो नहीं बैठी रहूँगी।

ग्रूशा : तो, वे आ भी गए।

(दरवाजे पर खटखटाहट। देहातिन जवाब नहीं देती। हथियारबन्द भीतर आते हैं। देहातिन जरा ज्यादा झुककर स्वागत करती है।)

सैनिक अधिकारी : देखा, यह रही। क्या कहा था मैंने ? यह नाक बड़ी दूर की सूँघती है।

(ग्रूशा से)

देखिए, मुझे एक सवाल आपसे पूछना है—आप भागीं क्यों ?

आपके मन में क्या आया, म...म मैं आपके साथ क्या करता ? शर्तिया आपके मन में कोई रंगीन बात आई थी। आई थी न !

ग्रूशा : *(देहातिन का झुक-झुककर स्वागत करना जारी है)* चूल्हे पर दूध चढ़ा छोड़ गई थी...एकदम याद आई।

सैनिक अधिकारी : या यह लगा कि मैं रंगीन नजरों से आपको देख रहा था...कि शायद मैं चाह रहा था कि अपने बीच कुछ...पट जाए। रंगीन नजरें ! समझ गईं न ?

ग्रूशा : ऐसा कुछ मुझे नहीं लगा।

सैनिक अधिकारी : लग भी सकता था, हैं ? सब कुछ मुमकिन है। मैं गिरा

हुआ आदमी भी हो सकता हूँ...मेरी बात में कोई पेंच नहीं है। अगर हम अकेले होते तो कुछ भी सोच सकता था... *(देहातिन से)* तुम्हें आँगन-वाँगन में कुछ काम हो तो... मुर्गियों को दाना-वाना नहीं डालना ?

देहातिन : *(घुटनों तक गिरकर)* सिपाही साहब, मुझे उसके बारे में कुछ भी पता नहीं है...हमें तबाह मत करिएगा।

सैनिक अधिकारी : किसके बारे में, क्या कह रही हो ?

देहातिन : मेरा उससे कोई लेना-देना नहीं है। मैं कसम से कहती हूँ, यही उसे देहरी पर छोड़ गई थी।

सैनिक अधिकारी : *(सहसा बच्चे को देखता है और सीटी बजाता है)* बच्चा है...झूले में। अबे घामड़। पूरे एक हजार पियास्तर महक रहे हैं। इस बुड्ढी को बाहर ले जाओ...वहीं रखो इसे। लगता है, अब कुछ जिरह मुझे करनी ही पड़ेगी।

(देहातिन एक शब्द बोले बगैर आराम से सिपाही के साथ चली जाती है।)

हाँ, यही बच्चा है, जिसका मैं तलबगार था।

(झूले की तरफ बढ़ता है।)

ग्रूशा : यह मेरा है...तुम जिसे ढूँढ़ रहे हो, वह यह नहीं है।

सैनिक अधिकारी : जरा देखूँ तो सही।

(वह देखने को झुकता है। ग्रूशा परेशानी से चारों ओर देखती है।)

ग्रूशा : यह मेरा है ! मेरा है !

सैनिक अधिकारी : हूँ, कपड़े तो बढ़िया हैं।

(ग्रूशा झपटकर उसे अलग खींचना चाहती है। वह ग्रूशा को धकेलकर फिर बच्चे को देखता है। वह परेशानी में चारों तरफ देखती है। उसे एक डंडा नजर आता है, बदहवासी में उसे उठा लेती है, पीछे से उसके सर पर वार करती है और फौरन बच्चा उठाकर भाग जाती है।)

गायक : बाईस दिन बीत गए उसको
जंगाताऊ हिमनद के चरणों में यूँ ही
चक्कर खाते,
हथियारबन्द उन सिपाहियों से बच निकले, चकमा देते,
उसको बीतीं बाईस रातें !
उस क्षण ग्रूशा ने ठान लिया
बच्चे की माँ बनकर ही रहना है !

गायकवृन्द : बेचारी लड़की,
बनी आज से बेबस बच्चे की माता !
(ग्रूशा एक अधजमी बर्फीली नदी पर बैठकर चुल्लू से पानी लेती है कि बच्चे को पिला सके।)

ग्रूशा : आज तुमको नहीं कोई चाहता स्वीकार करना
इसलिए ओ लाल !
तुमको मैं सँभालूँगी
इस मुसीबत के समय
मेरे दुलारे, नहीं है कोई तुम्हारा
सिवा मेरे,
मैं तुझे अब छोड़नेवाली नहीं हूँ
क्योंकि इतनी दूर ढोकर तुझे मैं ले आई
जल रहे तलवे थकावट से अभी भी !
दूध का स्नेह इतना बढ़ा, इतना बढ़ा
अब तेरे बिना क्षण-भर के लिए भी रह नहीं सकती
ये तुम्हारे खूबसूरत कीमती कपड़े
अभी मैं फेंकती हूँ
चीथड़ों में लपेटूँगी
यही है औकात मेरी
हिमनदी के ठिठुरते जल में नहलाऊँगी तुझे
अपनी कोख का जाया बनाऊँगी तुझे।
ओ मेरे लाड़ले
अब तुम्हें यह बर्दाश्त भी करना पड़ेगा !
(उसने बच्चे को चादर में लपेट लिया है, बढ़िया कपड़े फेंक दिए हैं।)

गायक : हथियारबन्द पीछा करते ग्रूशा का
बढ़ते आते थे, बढ़ती जाती थी ग्रूशा भी उनसे आगे
टूटे पुल का गाना गाते
दो जीवित साँसों का दाँव लगाए...
बढ़ती जाती थी ग्रूशा उनसे आगे !
(हवा बहुत तेज बह रही है। हल्के अँधेरे में ग्लेशियर पर बना पुल नजर आ रहा है। एक रस्सी टूटी हुई है और आधा पुल खड्ड में झूल रहा है। दो व्यापारी व एक औरत तय न कर पाने की स्थिति में खड़े हैं कि तभी ग्रूशा बच्चे को लिए पहुँचती है। एक आदमी

लकड़ी से लटकती हुई रस्सी को पकड़ने की कोशिश कर रहा है।)

आदमी : अभी ठहरो, इस पुल से तुम जा नहीं पाओगी !

ग्रूशा : मुझे अपने बच्चे को हर हालत में उस पार, पूरब तरफ पहुँचाना है, भाई के पास।

औरत : हर हालत में...हर हालत का क्या मतलब ? मुझे भी उधर ही जाना है, मुझे अतुम पहुँचकर दो कालीन खरीदने हैं। एक औरत बेच रही है, उसका आदमी मर गया है। मैं ही नहीं जा पा रही, तो तुम कैसे जा पाओगी ? दो घंटे से तो आन्द्री उस रस्सी को पकड़ पाने की कोशिश में लगा है। पकड़ाई में आ भी गई तो—बाँधेंगे कहाँ ?

आदमी-1 : *(आहट लेते हुए)* श्...श्...किसी चीज की आवाज है।

ग्रूशा : पुल इतना कमजोर नहीं है। मैं कोशिश करूँगी, शायद पार हो जाऊँगी।

औरत : मैं तो बाबा नहीं जाऊँगी...चाहे मौत ही पीछा क्यों न कर रही हो...यह तो आत्महत्या हुई !

आदमी-1 : *(चिल्लाकर)* अरे रे रे !

ग्रूशा : चीखते क्यों हो *(औरत से)* इनसे कहो, चिल्लाएँ नहीं।

आदमी-1 : अरे उधर ढलान पर कोई है, पुकार रहा है....शायद वे लोग रास्ता भूल गए हैं !

औरत : क्यों न चिल्लाएँ ये ? कोई गड़बड़ है क्या ? वे लोग तुम्हारा पीछा कर रहे हैं क्या ?

ग्रूशा : हाँ, वे सिपाही मेरा पीछा कर रहे हैं। एक को मैंने मारा था।

आदमी-2 : माल छिपा दो।

(औरत एक चट्टान के पीछे एक बोरा छुपा देती है।)

आदमी-1 : यह बात तुम पहले ही बता देतीं।
(दूसरे से) यह पकड़ी गई तो वे इसका कीमा बना देंगे।

ग्रूशा : जरा हटना, मुझे तो हर हालत में पुल पार करना है।

आदमी-2 : तुम नहीं कर पाओगी ! नीचे दो हजार फुट गहरा खड्ड है।

आदमी-1 : रस्सी भी पकड़ में आ गई, तब भी बेकार है, हम रस्सी को पकड़े रहें, तभी काम चलेगा—पर तब तो सिपाही भी पार कर जाएँगे !

ग्रूशा : हटो न !

औरत : वे पास आ गए हैं ! बच्चे को लेकर कैसे पार करोगी,

बताओ ? यह शर्तिया टूट जाएगा....जरा नीचे तो देखो !

(ग्रूशा खड्ड देखती है। हथियारबन्दों की आवाजें फिर नीचे सुनाई देती हैं।)

आदमी-2 : दो हजार फुट !

ग्रूशा : पर वे लोग इससे भी भयानक हैं !

आदमी-1 : जो भी हो, बच्चे को लेकर तुम पार नहीं जा सकतीं ! वे तुम्हारे पीछे हैं तो चाहे अपनी जान खतरे में डाल भी लो, बच्चे की क्यों डालती हो ?

आदमी-2 : बच्चे का वजन भी तो है।

औरत : लगता है इसे हर हालत में जाना ही है ! लाओ, बच्चा मुझे दे दो; मैं इसे छिपा लूँगी...तुम अकेली चली जाओ।

ग्रूशा : अकेली मैं नहीं जाऊँगी। हम दो नहीं, एक हैं। *(बच्चे से)* हमारा जीना-मरना अलग-अलग नहीं है...।

ग्रूशा : खड्ड अगर गहरा है
या उस पर टूटा पुल झूल-झूलकर दिल दहलाता है
तो इससे क्या ?
ओ मेरे लाल, अब हमारा औ' तुम्हारा पथ एक है,
अब यही नाता है !
जिस गली-कूचे हमारे पाँव जाएँगे
तुम्हारे भी गली-कूचे वही होंगे,
मिलेगा भोजन हमें जो
वही हम तुमको खिलाएँगे।
चार टुकड़े गर मिलेंगे
तीन मैं तुमको खिलाऊँगी
और वे कितने बड़े होंगे
जानकर भी मैं नहीं तुमको बताऊँगी !
मैं कोशिश करती हूँ।

औरत : कितना अजीब है यह !

(नीचे से आवाजें)

ग्रूशा : यह छड़ी फेंक दो, नहीं तो वे इससे रस्सी पकड़ लेंगे और मेरा पीछा करेंगे।

(काँपते पुल पर वह चली जाती है। पुल टूटने-टूटने लगता है तो औरत चीख पड़ती है पर ग्रूशा उसे पारकर उस तरफ पहुँच जाती है।)

आदमी-1 : उसने पार कर लिया है।

औरत : *(जो घुटने के बल बैठी दुआ माँग रही है, कुछ गुस्से से)* मैं फिर भी कहूँगी—यह पाप था !

(सिपाही आते हैं। सैनिक अधिकारी के सिर पर पट्टी बँधी है।)

सैनिक अधिकारी : अपने बच्चे को लिए हुए कोई औरत तो नहीं देखी ?

आदमी-1 : *(दूसरा आदमी तब तक लकड़ी फेंक देता है।)* हाँ, हाँ, वह रही ! मगर यह पुल तुम्हारा बोझ नहीं सँभाल पाएगा !

सैनिक अधिकारी : इसकी सजा तुझे मिलेगी—समझा घामड़ !

(ग्रूशा उस पार से हँसती है। हथियारबन्दों को बच्चा दिखाती है फिर वह चली जाती है। पुल पीछे छूट जाता है, हवा तेज हो जाती है।)

ग्रूशा : *(बच्चे से)* इस हवा का बुरा मत मानना राजे ! यह भी बस ऐसी ही है—बेचारी ! यह बादलों को बहाती है...और सबसे ज्यादा सर्दी खाती है।

(बर्फ गिरने लगती है।)

और बर्फ ! यह भी खराब नहीं है राजे !...यह नन्हें-नन्हें देवदारुओं को ढाँप देती है...कि कहीं वे सर्दी से मर न जाएँ। गीत सुनोगे

राजे ?...सुनो...

तुम्हारा बाप निकला चोर
माँ कुलटा
इसी से ओ राजे !
तुमको मिलेगा
हर भले इंसान के दिल का अपरिमित प्यार !
सिंहशावक
गधों को खाना खिलाते हैं
औ' सँपोले भी जरूरत पर
दूध तक माँ को पिलाते हैं !

4

उत्तरी पहाड़ों में

गायक : सात दिनों तक वह बेचारी
रही भटकती
हिमनद के इस तरफ, उस तरफ
घने पहाड़ों के साए में रही भटकती, वह
बेचारी !
फिर उसके मन में यह आया :
'अपने भाई के घर जाऊँ
तो वह अपनी बाँहें फैलाकर मुझको गले
लगाएगा
पूछेगा—कहाँ रहीं तुम मेरी बहना !
कब से तेरी बाट निहारी...
यह देखो तेरी भावज है
वह है—शादी में पाया जो खेतों का चक
और साथ में ग्याहर घोड़े, इकतिस गाएँ
आओ बैठो, अपने बच्चे को बैठाओ
खाना खाओ !'
उसके भाई का घर सुन्दर घाटी में था
जब वह भाई के घर पहुँची,
चूर-चूर थी !
भाई ने तब उठकर पूछा :

(लवरेंती वशनाद्जे और उसकी पत्नी खाने के लिए बैठे हैं। दोनों मोटे हैं। लवरेंती ने गले में नेपकिन बाँधा हुआ है। ग्रूशा बच्चे को लिए पहुँचती है, वह एकदम पीली पड़ गई है, उसे एक साईस सहारा देकर लाया है।)

लवरेंती : अरे ! तुम कहाँ से आ गईं ग्रूशा ?

(कमजोर आवाज में)

ग्रूशा : मैं जंगताऊ दर्रा पार करके आई हूँ लवरेंती !

साईस : मुझे ये इधर भूसे की बखारी के सामने मिलीं...एक बच्चा भी इनके साथ है !

भाभी : तुम जाओ; जाकर घोड़े को रातिब-आतिब दो।

लवरेंती : यह तुम्हारी भाभी है—अनीको !

भाभी : हमारा खयाल था तुम नूखा में नौकरी पर हो !

ग्रूशा : *(जो खड़ी नहीं हो पा रही है)* हाँ, वहीं थी।

भाभी : क्या नौकरी अच्छी नहीं थी ? हमने तो सुना था, बहुत अच्छी है।

ग्रूशा : गवर्नर मार डाले गए हैं।

लवरेंती : हाँ, सुना तो था वहाँ बलवा हो गया है। तुम्हारी चाची ही बता रही थीं, याद है न अनीको ?

भाभी : यहाँ, हमारे यहाँ तो शान्ति है। शहरी लोगों को हमेशा कुछ-न-कुछ हंगामा चाहिए।

(दरवाजे पर जाकर पुकारती है)

सोस्सो ! सोस्सो !

रोटी तन्दूर से निकाल लेना...सुन रही है न !

कहाँ चली गई ?

(प्रस्थान--पुकारते हुए)

लवरेंती : *(धीरे, पर जल्दी से)* इसका पिता है न ?

(वह सिर हिलाती है।)

मेरा भी यही खयाल था। कोई बात बनानी पड़ेगी। ये बड़ी धरम-करमवाली है !

भाभी : *(लौटकर)* ये नौकर !

(ग्रूशा से)

तुम्हारे बच्चा भी है ?

ग्रूशा : मेरा ही है।

(वह गिर पड़ती है। लवरेंती सँभालता है।)

भाभी : अरे इसकी तबियत खराब है...अब क्या करें ?

(लवरेंती अँगीठी के पास पड़ी बेंच तक ग्रूशा को ले आता है। अनीको हाथ हिला-हिलाकर घबराहट में, उसे दूर ही रखने को कहती है--दीवार के पास पड़े कम्बल की तरफ इशारा भी करती है।)

लवरेंती : *(उसे दीवार के पास ले जाते हुए)* बैठ जाओ...बैठ

जाओ...लगता है सिर्फ कमजोरी है।

भाभी : कहीं छूतवाला लाल बुखार न हो। कहीं हुआ तो...

लवरेंती : होता तो चकत्ते पड़ जाते। सिर्फ कमजोरी है और कुछ नहीं। परेशानी की कोई बात नहीं है अनीको।

(ग्रूशा से)

बैठने से आराम मिलता है ?

भाभी : यह बच्चा इसी का है ?

ग्रूशा : मेरा ही है।

लवरेंती : ये अपने आदमी के घर जा रही थी !

भाभी : अच्छा ! ये गोश्त ठंडा हो रहा है।

(लवरेंती बैठकर खाना शुरू करता है।) ठंडा खाना तुम्हें नुकसान करता है। कम-से-कम चर्बीवाले टुकड़े तो ठंडे होने ही नहीं चाहिए। तुम्हारा मेदा वैसे भी कमजोर है।

(ग्रूशा से)

तुम्हारा घरवाला शहर में नहीं है ! कहाँ है वह ?

लवरेंती : इसने बताया था—इसकी शादी पहाड़ों के उस पार हुई है।

भाभी : अच्छा, उस पार ! *(खाने बैठती है।)*

ग्रूशा : लवरेंती...मैं जरा लेट जाऊँ तो ठीक रहे...

भाभी : कहीं इसे तपेदिक हुई तो हमें भी लग जाएगी। तुम्हारे घरवाले के खेत-वेत हैं ?

ग्रूशा : वो सिपाही हैं।

लवरेंती : छोटा-सा खेत उसे मिलनेवाला है, अपने बाप से।

भाभी : वो लड़ाई पर नहीं गया है ? सब सिपाही गए हुए हैं।

ग्रूशा : *(थकान से भरी)* वह लड़ाई पर है।

भाभी : फिर तुम खेत पर काहे को जा रही हो ?

लवरेंती : लड़ाई से लौटकर वह अपने खेत पर आएगा।

भाभी : पर तुम तो अभी जा रही हो ?

लवरेंती : ये वहीं इन्तजार करेगी उसका।

भाभी : *(तेजी से)* सोस्सो ! केक।

ग्रूशा : *(बुखार में बड़बड़ाती है)* खेत—सिपाही—इन्तजार—बैठो—खाओ—

भाभी : यह लाल बुखार है !

ग्रूशा : हाँ, उसके खेत भी हैं।

लवरेंती : यह सिर्फ कमजोरी है अनीको...केक तुम खुद ही जाकर देख लो तो अच्छा रहे।

भाभी : लोग तो कहते हैं, लड़ाई फिर छिड़ गई है, तब वह अभी कैसे लौटेगा ?

(आवाज लगाती जाती है)

सोस्सो, कहाँ मर गई ! सोस्सो !

लवरेंती : *(जल्दी से उठकर ग्रूशा के पास जाता है।)* बिस्तर अभी मिल जाएगा, बस, खाने के बाद...यों यह दिल की बड़ी अच्छी है।

ग्रूशा : *(बच्चा उसे देते हुए)* जरा इसे लेना।

(वह ले लेता है और चिन्ता से इधर-उधर देखता है।)

लवरेंती : पर तुम्हारा यहाँ रुकना ज्यादा दिन मुमकिन नहीं हो पाएगा। यह बड़ी कट्टर है।

गायक : *(ग्रूशा गिर पड़ती है। लवरेंती सँभालता है।)*

चलते-चलते बहन होश तक खोने की हालत में
आयी
दब्बू भाई तब उसे टिकाने को लाचार हो गया
पतझड़ बीता,
जाड़ा आया
बहुत दिनों के बाद एक दिन
जाड़ा भी व्यतीत हो आया
कहीं यहाँ के लोग न जानें
चूहे आकर काट न खाएँ !
कहीं बसन्त न फिर आ जाए !

(ग्रूशा एक कोठरी में लगे करघे पर कपड़ा बुन रही है। बच्चा और वह दोनों जमीन पर बैठे हैं। दोनों चादरें ओढ़े हैं।)

(ग्रूशा बुनते-बुनते गाती है।)

और तब प्रेमी छोड़कर जाने लगा
उसकी प्रेमिका उसके पीछे भागी,
रोती-चीखती और समझाती हुई :
ओ प्रियतम मेरे !
अब तुम लड़ाई पर जा रहे हो
अब तुम्हें दुश्मन से भिड़ना है
पर तुम बिल्कुल आगे की कतारों में मोर्चे पर
न रहना,
और न बिल्कुल पीछे ही रहना

आगे होंगी आग की लपटें
और पीछे होगा दमघोंट धुआँ
समझदारी से बीच में रहना—लपटों और
धुएँ के
बीच की कतारों में
आगेवालों को मौत चाट जाती है
बिल्कुल पीछेवाले जख्मी हो जाते हैं
तुम रहना बीचोंबीच
बीचवाले अक्सर घर लौट आते हैं !

माइकेल, हमें समझदारी बरतनी चाहिए। अपने को बहुत छोटा बनाकर रहना चाहिए—कीड़े-पतंगों की तरह...तब भाभी यह भूल जाएगी कि हम इस घर में रहते हैं और तब हम बर्फ पिघलने तक यहाँ रह सकते हैं। सर्दी भी लगे तो चीखना मत, समझे ! गरीबी और सर्दी—दोनों से ही आदमी फीका पड़ जाता है।

(लवरेंती आकर ग्रूशा के पास बैठ जाता है।)

लवरेंती : अरे, तुम दोनों इस तरह गठरी बने क्यों बैठे हो ? शायद इस कोठरी में सर्दी ज्यादा है !

ग्रूशा : *(जल्दी से चादर हटाकर)* नहीं, बहुत ज्यादा तो नहीं।

लवरेंती : अगर ज्यादा सर्दी है तो बच्चे को लेकर यहाँ नहीं बैठना चाहिए, फिर अनीको अपने को कोसेगी।

(एक क्षण रुककर)

वो...पादरी ने तो बच्चे के बारे में कुछ नहीं पूछा ?

ग्रूशा : पूछा था, पर मैंने कुछ बताया नहीं !

लवरेंती : ठीक किया। अनीको के बारे में मैं तुम्हें कुछ बता देना चाहता था—वह दिल की बड़ी अच्छी है पर है बेहद नाजुक-मिजाज। कोई इतना-भर बोल दे—'तुम्हारा खेत' बस वह परेशान पहले हो जाएगी, बात बाद में सुनेगी। हर बात वह दिल से लेती है, समझीं ! एक बार वह अपनी दूधवाली गिरजे गई, उसके मोजे में कहीं एक छेद रहा होगा—बस वो दिन और आज का दिन—अनीको एक के ऊपर दूसरा मोजा पहनकर ही गिरजे जाती है ! अब यही बात जरा मुश्किल से समझ में आएगी, पर उसमें कहीं पुरानी खानदानियत भरी हुई है।

(कुछ सुनता है।)

यहाँ चूहे तो नहीं हैं ? अगर हैं तो इसमें मत रहो।

(छत से पानी टपकने की आवाज)

यह क्या टपक रहा है ?

ग्रूशा : कोई पीपा चू रहा होगा।

लवरेंती : पीपा ही होगा। तुम्हें यहाँ छह महीने तो हो गए होंगे—है न ?...हाँ, तो मैं अनीको की बात कर रहा था न ? मैंने सिपाहियोंवाली बात तो उसे बताई ही नहीं है, उसका दिल बड़ा कमजोर है न, इसीलिए वह समझ ही नहीं पाती कि तुम बाहर निकलकर क्यों काई काम नहीं ढूँढ़ सकतीं। कल उसने जो ताने कस दिए थे, उसकी वजह यही है !

(वे बर्फ पिघलने की आवाज को फिर सुनते हैं।)

तुम सोच भी नहीं सकतीं—वह तुम्हारे आदमी के बारे में कितनी परेशान रहती है, कहती है—'मान लो, वह लौटकर आया और उसे यह वहाँ न मिली, तो !' और यह कहकर पड़ी-पड़ी जागती रहती है। 'वह बसन्त से पहले नहीं आ सकता।' मैं उस गरीब को समझाता हूँ !

(बूँदें तेजी से गिरने लगती हैं।)

तुम्हारा क्या खयाल है, वह कब तक आएगा ?

(ग्रूशा चुप रहती है।)

मुझे लगता है, तुम्हें भरोसा नहीं रह गया है कि वह अब लौटकर आएगा।

(ग्रूशा जवाब नहीं देती।)

बसन्त आते ही बर्फ पिघलने लगेगी...और दर्रे खुल जाएँगे। तब तुम्हें यहाँ से चला जाना चाहिए। हो सकता है, तब वे तुम्हें खोजते हुए यहाँ पहुँच जाएँ। लोग तो खैर बच्चे और कुँवारी माँ के बारे में मिसकौट करते ही रहते हैं।

(बूँदों के गिरने की आवाज और तेज और लगातार आने लगती है।)

ग्रूशा, छतों की बर्फ पिघलने लगी है...और बसन्त आ गया है।

ग्रूशा : हाँ।

लवरेंती : *(उत्सुकता से)* तो अब क्या किया जाए, कहो तो मैं बताऊँ ? तुम्हारा एक ऐसा ठिकाना होना चाहिए, जहाँ तुम रह सको।...बच्चे की वजह से और भी...

(आह भरता है।)

तुम्हारा कोई पति होना चाहिए...लोगों का मुँह बन्द करने के लिए। ग्रूशा, मैंने चुपके-चुपके बड़ी खोजबीन की कि कहीं एक पति तुम्हारे लिए मिल जाए...आखिरकार एक हाथ लगा है। मैंने एक औरत से बातचीत की है, उसके एक बेटा है। पहाड़ के पार...उसके एक छोटा-सा खेत है, वह रजामन्द है।

ग्रूशा : पर मैं किसी और से शादी नहीं कर सकती...मुझे साइमन शशावा का इन्तजार करना है।

लवरेंती : जरूर करो। यह सब सोच-विचार कर लिया है। तुम्हें हाड़-मांस का पति तो चाहिए नहीं, तुम्हें एक कागजी पति की जरूरत है, बिल्कुल ऐसा ही आदमी मिल भी गया है। वो, अभी बताया था न; उसी औरत का बेटा—वह मौत के मुँह में है। है न बढ़िया बात ! बस, वह दम तोड़ ही रहा है...और सब कुछ बिल्कुल वैसा ही है जैसा बताया था—पहाड़ों के उस पार। इधर तुम वहाँ पहुँचीं कि उधर उसने दम तोड़ा...और बस, तुम विधवा हो गईं ! क्या खयाल है ?

ग्रूशा : माइकेल के लिए पूरी लिखा-पढ़ी हो जाए, मुहर लग जाए...तो मैं तैयार हूँ।

लवरेंती : मुहर ही तो असली चीज है। बगैर मुहर के तो ईरान का शाह भी साबित नहीं कर सकता कि वही शाह है ! हाँ, और तुम्हारे लिए एक ठिकाना भी हो जाएगा।

ग्रूशा : इसके लिए वह पैसा कितना माँगती है ?

लवरेंती : चार सौ पियास्तर।

ग्रूशा : पर यह पैसा तुम लाओगे कहाँ से ?

लवरेंती : *(संकोच से)* अनीको ने कुछ दूध का पैसा...

ग्रूशा : हमें वहाँ कोई पहचानेगा तो नहीं ?...तब, मैं तैयार हूँ।

लवरेंती : *(उठते हुए)* मैं अभी उस औरत को खबर करता हूँ !

(जल्दी से जाता है।)

ग्रूशा : माइकेल, तुम बहुत गड़बड़ करते हो...मैं कुएँ की तरह चलकर प्यासे के पास आई थी...एक दाना बरबाद न जाए इस खातिर कोई भला आदमी सड़क चलते उसे उठा लेता है, राजे ! ईस्टर के उस इतवार को नूखा से मैं भी फौरन निकल पड़ी होती तो...आज मुझे यह बेवकूफी न करनी पड़ती...।

गायक : दुल्हन जब पहुँची
दूल्हा तब
जिन्दगी-मौत के झूले में था झूल रहा
दूल्हे की माँ दरवाजे थी
इस इन्तजार में,
वे आएँ, जल्दी आएँ !
औ' दूल्हन अपने संग
बच्चा लेकर आई थी
शादी के क्षण
साक्षी ने उसको छिपा लिया।

(एक पार्टीशन लगा हुआ है। एक तरफ एक बिस्तर है। मच्छरदानी के भीतर एक बेहद बीमार आदमी लेटा है। दूसरी ओर से ग्रूशा को उसकी सास खींचकर लाती है। उनके पीछे लवरेंती और बच्चा हैं।)

सास : जल्दी करो ! वरना यह शादी से पहले ही चल बसेगा।
(लवरेंती से)
इसके बच्चा भी है, यह तो मुझे बताया ही नहीं था।

लवरेंती : इससे क्या फर्क पड़ता है ?
(मरते आदमी की ओर इशारा करके) जो हालत है, उसमें इसका क्या बना-बिगड़ा जाता है।

सास : उसका न बिगड़े, पर शर्म से मेरा जीना तो मुहाल हो जाएगा ! हम शरीफ लोग हैं।
(रोने लगती है।)
मेरे यूसप को क्या जरूरत पड़ी है कि बच्चेवाली से शादी कर ले।

लवरेंती : अच्छा लो, मैं दो सौ पियास्तर और बढ़ा देता हूँ। यह भी लिखवा लो कि खेत तुम्हारा ही रहेगा। पर इसे यहाँ दो साल रहने का हक होगा।

सास : *(आँसू पोंछकर)* इतने से तो मुश्किल से मैयत का खर्च पूरा पड़ेगा। खैर काम-धाम में ये मेरा हाथ तो बँटाएगी न।...अरे पुरोहित को क्या हुआ...वह रसोईघर की खिड़की से निकलकर भाग गया होगा। किसी को भनक भी मिल गई कि यूसप आखिरी साँसें गिन रहा है; बस सब यहाँ आ धमकेंगे। मैं अभी पुरोहित को लाती हूँ। बच्चे को वह न देखने पाए।

लवरेंती : मैं खयाल रखूँगा कि न देख पाए। पर पुरोहित क्यों, पादरी को बुला लेतीं।

सास : अरे, एक ही बात है। गलती बस एक हुई है—आधी दक्षिणा मैंने पहले दे दी। बस वो हौली में पहुँच गया होगा। मैं जानती हूँ...

(भाग जाती है।)

लवरेंती : पादरी का खर्चा बचा गई कमीनी...सस्ता-सा पुरोहित पकड़ लिया।

ग्रूशा : साइमन शशावा अगर आए तो मेरे पास भेज देना।

लवरेंती : अच्छा।

(बीमार की तरफ नजर डालकर)

इसे एक नजर देख तो लो।

(ग्रूशा माइकेल को लेकर सर हिला देती है।)

ये तो पलकें भी नहीं झपकता। कहीं हमें देर तो नहीं हो गई।

(वे सुनते हैं—दूसरी तरफ से पड़ोसी प्रवेश करते हैं, इधर-उधर देखते हैं और दीवार से लगकर खड़े हो जाते हैं। वे प्रार्थनाएँ बुदबुदाने लगते हैं। सास पुरोहित के साथ प्रवेश करती है।)

सास : *(गुस्से और ताज्जुब में—पुरोहित से)* सब कुछ अभी होना है।

(मेहमानों का स्वागत करती है।)

आप लोग जरा-सा इन्तजार कर लें तो बड़ी कृपा होगी। मेरी होनेवाली बहू अभी-अभी शहर से आई है...इसलिए हमें फौरन शादी भी निपटानी है।

(पुरोहित को बगल में ले जाती है।)

तुम ढोल पीट जाओगे मुझे मालूम था !

(ग्रूशा से)

शादी शुरू की जाए—लायसेंस यह रहा। मैं और बहू का भाई *(लवरेंती ने ग्रूशा से बच्चा ले लिया है और वह पृष्ठभूमि में छिपाना चाहता है। सास उसे इशारे से समझाती है कि बच्चे को छिपा दे।)*

बहू का भाई और मैं—दो गवाह हैं।

(ग्रूशा पुरोहित के पास सर झुकाकर खड़ी हो जाती है। वे बिस्तर के पास पहुँचते हैं। सास मसहरी उठाती है।

पुरोहित शादी के मन्त्र लैटिन में बुदबुदाना शुरू करता है। सास फिर लवरेंती को इशारा करती है कि बच्चे को छिपा दे, पर लवरेंती इस डर से कि बच्चा रोने न लगे उसे शादी दिखाने लगता है। ग्रूशा एक बार बच्चे को देखती है, लवरेंती बच्चे का हाथ पकड़कर मुबारकबाद देने के लिए हिलाता है।)

पुरोहित : क्या तुम इस आदमी के लिए वफादार, आज्ञाकारी और अच्छी पत्नी बनना मंजूर करती हो ? और मरते दम तक इसका साथ निभाने का वचन देती हो ?

ग्रूशा : *(बच्चे को देखते हुए)* हाँ !

पुरोहित : *(मरते आदमी से)* और मरते दम तक तुम अपनी पत्नी को प्यार दोगे और अच्छी तरह रखोगे!

(मरता आदमी कोई जवाब नहीं देता तो पुरोहित प्रश्न दोहराता है, फिर इधर-उधर देखता है।)

सास : रखेगा...रखेगा। सुना नहीं, उसने 'हाँ' तो कहा।

पुरोहित : तब ठीक है। इस शादी को सम्पन्न समझा जाए। हाँ तो अब मौत की रस्म भी पूरी कर दी जाए।

सास : अब और कुछ नहीं होगा। शादी कोई सस्ते में नहीं निपट गई है। मातम के लिए आए लोगों को भी मुझे देखना है।

(लवरेंती से)

सात सौ कहे थे न ?

लेवरेंती : छः सौ। (देता है।)

मैं अब बैठूँगा नहीं। मेहमानों से भी मिलना चाहूँगा। अच्छा ग्रूशा, मैं चलता हूँ। अब विधवा होकर ही सही, तुम किसी दिन मुझसे मिलने आओगी तो तुम्हें अपनी भाभी से पूरी इज्जत मिलेगी...न मिली तो अबके मैं बिगड़ जाऊँगा।

(वह जाता है। मातम करनेवाले उसे एक नजर यों ही देखते हैं।)

पुरोहित : क्या मैं जान सकता हूँ, यह बच्चा किसका है ?

सास : कैसा बच्चा ? मुझे तो कोई बच्चा दिखाई नहीं देता...और न तुम्हें दिखाई देता है, समझ गए ! वरना मुझे भी वह सब दिखाई देने लगेगा, जो हौली के पीछे होता है। समझे ! अब सीधे चले जाओ।

(ग्रूशा बच्चे को गोद से उतारकर चुप रहने को कहती है, फिर वे कमरे में आते हैं। ग्रूशा का परिचय पड़ोसियों से

कराया जाता है।) यह मेरी बहू है। ये बहुत वक्त से पहुँच गई—यूसप के जीते जी।

एक औरत : अब तो पूरा साल हो गया बीमार पड़े, क्यों ? हमारा वसीली जब लाम पर जा रहा था, तो ये मिलने आया था।

दूसरी औरत : खेत पके खड़े हों और किसान खाट पर पड़ा हो—खेतीबारी के लिए इससे बुरा क्या होगा। अच्छा हो, इसे इस लम्बी तकलीफ से छुटकारा मिले।

पहली औरत : *(भेद भरे स्वर में)* हम समझते थे इसने फौज में जाने से जान बचाने के लिए बीमारी का बहाना किया है...पर ये तो अब आखिरी साँसें गिन रहा है।

सास : आप लोग बैठिए...कुछ केक-वेक खाइए।

(वह ग्रूशा को इशारा करती है। दोनों सोनेवाले कमरे में जाती हैं। फर्श पर रखी केक की बड़ी तश्तरियाँ उठाती हैं। मेहमान, जिनमें पुरोहित भी है, जमीन पर ही बैठ जाते हैं और धीमे-धीमे बातें करते हैं।)

बूढ़ा किसान : *(जिसे पुरोहित अपने लबादे की जेब से बोतल निकालकर थमा देता है।)* कोई बच्चा है...तुम कह रहे थे। यूसप ने कहाँ से कर लिया होगा ?

तीसरी औरत : खैर, कुछ भी सही, है यह तकदीरवाली कि वक्त रहते सब कर-धर लिया और फिर ऐसे बीमार से !

सास : सब चुगली खाने में मशगूल हैं, ऊपर से मौत के केक भी ठूँसते जा रहे हैं। यह आज न मरा तो कल फिर ताजे केक बनाने पड़ेंगे।

ग्रूशा : मैं बना दूँगी।

सास : कल रात कुछ सवार इधर से गुजरे थे। सवारों को देखने बाहर निकली तब यह लाश की तरह पड़ा था। इसीलिए मैंने फौरन तुम्हें बुलवाया...अब से ज्यादा वक्त नहीं लेगा...। *(वह सुनती है।)*

पुरोहित : शादी की खुशियाँ और मौत का मातम मनानेवाले प्यारे भाइयो और बहनो ! हम भरे दिल लिए हुए यहाँ शादी और मौत के बिस्तर के सामने खड़े हैं...क्योंकि दुल्हन सुहाग-सेज पर होगी और दूल्हा मिट्टी की कब्र में होगा। दूल्हे की साँसें ठंडी पड़ती जाएँगी और दुल्हन की साँसें गर्माहट से भरती जाएँगी। शादी की सेज ही वह अन्तिम इच्छा है, जो आदमी को कामातुर बना देती है। मेरे बच्चो,

कितना अजीब है आदमी का भाग्य ! एक मरता है, इसलिए कि सर छिपने को जगह मिल जाए, दूसरा शादी करता है इसलिए कि एक कसमसाता जिस्म धूल में मिल जाए ! उसी धूल में, जहाँ से वह आया था—वहीं पहुँच जाए ! आमीन !

सास : *(जो सुन रही थी)* ये फिर अपने रंग में आ गया। ऐसे सस्ते आदमी को मुझे लाना ही नहीं चाहिए था। ऐसे टुच्चों से और क्या उम्मीद की जा सकती है। महँगावाला इतना तो जानता है कि तमीज क्या होती है। सूरा में एक हैं, जिनके पास से पवित्रता की खुशबू फूटती है, पर वे पैसा बहुत लेते हैं। पचास पियास्तर वाले ये यहाँ के पुरोहित तो टुच्चे ही होते हैं और इनकी पवित्रता—पचास पियास्तर से ज्यादा कीमत की नहीं होती। जब मैं इसे हौला से पकड़कर लाने गई तो यह अपना भाषण खत्म कर रहा था, चिल्ला-चिल्लाकर कह रहा था—'लड़ाई खत्म हो गई है। शान्ति से सावधान !' चलो भीतर चलें।

ग्रूशा : *(माइकेल को एक केक देते हुए)* लो, यह खा लो...शैतानी मत करना ! अब हम इज्जतदार लोग बन गए हैं।

(मेहमानों को वे दोनों फिर केक बाँटती हैं। मरता आदमी उठकर बिस्तर में बैठ गया है। वह मसहरी से सिर निकालकर दोनों को देखता है, फिर लुढ़क जाता है। पुरोहित अपने लबादे से दो बोतलें और निकालता है, पास बैठे किसान को दे देता है। तभी तीन बाजेवाले अन्दर आते हैं। पुरोहित खीसें निकालकर हाथ हिलाता है।)

सास : *(बाजेवालों से)* ये गाजे-बाजे लेकर यहाँ कैसे ?

एक बाजेवाला : ये अपने अनास्तासियस यहाँ...

(पुरोहित की तरफ इशारा करके)

इन्होंने ही कहा था कि यहाँ शादी हो रही है।

सास : क्या !...तुमने बुलाया है इन्हें ! मेरी गर्दन पर तीन और लाद दिए ! तुम्हें इतना भी खयाल नहीं कि बगल में पड़ा कोई आदमी दम तोड़ रहा है !

पुरोहित : किसी भी कलाकार के लिए यह एक दिलचस्प चुनौती का मौका है ! ये शादी की खामोशी-भरी मातमी धुन भी बजा सकते हैं और शव-यात्रा की नाचती-झूमती लय से इस माहौल को गुँजा भी सकते हैं।

सास : खैर, चाहते हो तो बजाओ। यों खाने से भी तुम्हें कौन रोक सकता है !

(बाजेवाले एक धुन बजाते हैं, औरतें केक बाँटती हैं।)

पुरोहित : अबे, यह तुरही है कि बच्चा रो रहा है और ऐ, ढोलकी के...क्या-क्या अफवाहें फैला रहा है इधर-उधर...।

किसान : *(जो पुरोहित के पास बैठा है।)* जरा नई दुल्हन भी कूल्हे मटका दे, तो...?

पुरोहित : कूल्हे मटकाए या हड्डियाँ चटकाए ?

किसान : *(पुरोहित के पासवाला गाता है।)*

सुन्दरी कुमारी प्लशबाटम ने की शादी
एक धनी पोपले बूढ़े की बला लादी
लोगों ने पूछा--मजाक यह कैसा ?
उसने जवाब दिया--नहीं, नहीं ऐसा !
अभी तो जलते हैं चिराग यहाँ पर
पर जल्दी ही मौत लाएगी बर्बादी !
सुन्दी कुमारी प्लशबाटम ने की शादी !

(सास शराबी किसान को बाहर खदेड़ देती है। बाजे बन्द हो जाते हैं। मेहमान सकपका जाते हैं। अन्तराल।)

कई मेहमान : *(ऊँची आवाज में)* ताजी खुबर सुनी तुमने ? बड़े ड्यूक वापस आ गए हैं...पर यह राजकुमार उनके खिलाफ हैं। सुना है ईरान के शाह ने उन्हें तगड़ी फौज दी है...कि ग्रूसीनिया में अमन कायम किया जा सके ! यह कैसे हो सकता है। ईरान का शाह तो बड़े ड्यूक का दुश्मन है !...पर बदअमनी के खिलाफ भी है। कुछ भी हो...लड़ाई तो खत्म हो गई...अपने सिपाही लौट रहे हैं !

(ग्रूशा के हाथ से तश्तरी गिर जाती है।)

बूढ़ी औरत : *(ग्रूशा से)* तबीयत ठीक नहीं है क्या ? या यूसप के लिए घबराई हुई हो ! बैठकर जरा-सा आराम कर लो।

(ग्रूशा हिलती-लड़खड़ाती-सी है !)

मेहमान : अब फिर सब कुछ पहले की तरह ही हो जाएगा। सिर्फ टैक्स बढ़ जाएँगे--हमें लड़ाई की कीमत तो चुकानी ही पड़ेगी।

ग्रूशा : *(कमजोरी से)* किसी ने यह कहा था कि सिपाही लौट रहे हैं ?

एक मेहमान : मैंने कहा था।

ग्रूशा : यह सच नहीं हो सकता।

मेहमान : *(एक औरत से)* जरा इसे वह चादर दिखाओ, ये हमने खुद एक सिपाही से खरीदी है। ईरानी है !

ग्रूशा : *(चादर देखते हुए)* वे आ गए हैं। *(लम्बा अन्तराल। ग्रूशा झुकती है, जैसे केक उठानेवाली हो, पर वह जंजीर में पड़ा चाँदी का सलीब ब्लाउज से निकालती है, उसे चूमती है और प्रार्थना करने लगती है।)*

सास : *(मेहमान खामोशी से ग्रूशा को ताक रहे हैं।)* तुम्हें हो क्या गया है ? अपने मेहमानों की खातिर क्यों नहीं करतीं ? शहर की इस बकवास से हमें क्या लेना-देना ?

(मेहमान फिर बातचीत में मशगूल हो जाते हैं। ग्रूशा उसी तरह सिर झुकाए बैठी है।)

कुछ मेहमान : सिपाहियों से ईरानी जीनें भी खरीदी जा सकती हैं। पर कुछ सिपाही वे जीनें सिर्फ बैसाखियों के बदले में देते हैं। लड़ाइयों में जीत तो किसी एक पक्ष के ओहदेदारों की होती है–पर सिपाही बेचारे दोनों तरफ मारे जाते हैं–चलो, अब लड़ाई खत्म हुई...यही बहुत है। अब भर्ती के लिए नहीं बुलाया जा सकता।

(मरता आदमी तपाक से उठकर बिस्तर में बैठ जाता है और सुनता है।)

बस दो हफ्ते मौसम बढ़िया मिल जाए। इस साल हमारे पेड़ों पर नासपाती आई ही नहीं है।

सास : *(केक देते हुए)* और लो...खूब खाओ, और बहुत हैं। *(सास खाली तश्तरियों के साथ कमरे में जाती है, मरते बेटे की तरफ ध्यान न देकर वह और केक उठा रही है कि यूसप करख्त आवाज में बोल उठता है।)*

यूसप : अब और कितने केक इन लोगों को ठुँसवाओगी ? तुम्हारे खयाल से मैं पैसे हगता जाऊँगा।

(सास चलने को होती है पर रुककर उसे घबराकर देखती है। वह अपना सिर मसहरी से बाहर निकाल लेता है।)

ये लोग यही बोल रहे थे न, कि लड़ाई खत्म हो गई है !

पहली औरत : *(बड़े अपनेपन से ग्रूशा से बात करती हुई)* तुम्हारे घर का भी कोई लड़ाई पर है ?

आदमी : अच्छी खबर यही है कि वे घरों को लौटकर आ रहे हैं।

यूसप : ऐसे क्या देख रही हो ? कहाँ है वह बीवी जो तुमने मेरे सर मढ़ी है ?

(कोई जवाब न पाकर वह बिस्तर से कूदता है और सोने के कपड़े पहने हुए ही अपनी माँ को वहीं छोड़कर डगमगाता हुआ दूसरे कमरे में पहुँचता है। वह काँपती हुई पीछे-पीछे आती है—हाथों में केक की तश्तरी है।)

सब मेहमान : *(उसे देखकर चीख पड़ते हैं।)* अरे ! हे परमात्मा ! यूसप !

(हरेक डरकर खड़ा हो जाता है। औरतें दरवाजे की तरफ भागती हैं। ग्रूशा, जो अब तक घुटनों के बल झुकी हुई है, पलटकर आदमी को देखती है—)

यूसप : मृत्युभोज ! यही चाहते हो न ! निकलो यहाँ से, नहीं तो लात मारकर बाहर कर दूँगा।

(मेहमान गिरते-पड़ते घर से भागते हैं।)

(चिड़चिड़ाते हुए, ग्रूशा से)

तुम्हारे मंसूबों पर पानी फिर गया, क्यों ?

(कोई जवाब न पाकर उस तश्तरी से एक केक लेता है, जो उसकी माँ पकड़े हुए है।)

गायक : वाह रे भुलावे ! वाह !
पत्नी को पता चला उसके एक पति है
और दिन होते-होते बच्चा भी आ गया
और रात होते मौजूद था वहाँ एक आदमी भी !
प्रेमी भी आ पहुँचने को है आधे रास्ते।
दम्पति विवाहित
एक-दूसरे को देख रहे—
घुटे-घुटे सँकरे-से कमरे में !

(यूसप एक कमरे के टब में नंगा बैठा नहा रहा है, टब की किनारी ऊँची है। उसकी माँ लोटे से पानी डाल रही है। ग्रूशा माइकेल के पास दूसरे कमरे में बैठी है। माइकेल चटाई के तिनके से खेल रहा है—चटाई बना भी रहा है।)

यूसप : ये उसका काम है, तुम्हारा नहीं ! अब कहाँ छिपी बैठी है !

सास : *(पुकारती है)* ग्रूशा ! ये बुला रहा है।

ग्रूशा : *(माइकेल से)* अभी दो छेद और भरने हैं।

यूसप : *(जैसे ही ग्रूशा आती है :)* मेरी पीठ मलो।

ग्रूशा : खुद नहीं मल सकते ?

यूसप : 'खुद—नहीं—मल—सकते-ए-ए !' झाँवा लेकर आ ऐसी की तैसी ! तू बीवी है कि कोई अजनबी ?

(अपनी माँ से)

बड़ा ठंडा है !

सास : गरम पानी और ले आती हूँ।

ग्रूशा : मैं लिए आती हूँ।

यूसप : तू यहीं ठहर।

(सास बाहर जाती है।)

जोर से रगड़ ! ये नखरे क्या दिखा रही है ? नंगा आदमी पहले भी तो देख चुकी होगी। यह तेरा बच्चा आसमान से तो टपका नहीं होगा।

ग्रूशा : यह बच्चा मौज का भी नतीजा नहीं है—अगर मतलब इसी से है तो...।

यूसप : *(मुड़कर देखता है, खीस निकालता है।)*

तुम ऐसी तो नहीं लगतीं।

(ग्रूशा मलना छोड़कर पीछे हटती है, सास आती है।)

यह अच्छा ढोल तुमने गर्दन में डाल दिया है, ये बीवी है कि गधी !

सास : अरे, तिनका तक नहीं तोड़ती...।

यूसप : डालो...धीरे से ऊऽऽ ! धीरे से ! सुनती नहीं *(ग्रूशा से)* ताज्जुब नहीं कि शहर में तुमने कुछ ऐसा-वैसा किया हो तो...वरना तुम यहाँ काहे के लिए आतीं ! खैर, इसके बारे में कुछ नहीं बोलूँगा। यह जो हरामी बच्चा तुम मेरे घर में लेकर आई हो, इस पर भी मैंने कुछ नहीं कहा, पर अब सब्र का बाँध टूटनेवाला है...आखिर मैं भी इनसान हूँ।

(अपनी माँ से)

और डालो !

(ग्रूशा से)

और अब अगर तुम्हारा सिपाही लौट भी आया तो क्या ! तुम शादी-शुदा हो !

ग्रूशा : नहीं !

यूसप : पर तुम्हारा सिपाही लौटकर नहीं आएगा। समझती हो !

ग्रूशा : नहीं !

यूसप : तो तू मुझे धोखा दे रही है ! तू मेरी बीवी भी है, और नहीं भी है ! तू साथ लेटती है पर न लेटने के बराबर है। तेरी

वजह से कोई और औरत भी लेट नहीं सकती। मैं सुबह काम पर जाता हूँ—तो अंग-अंग थका होता है। रात को लेटता हूँ तो शैतान की तरह जागता पड़ा रहता हूँ। परमात्मा ने तुझे औरत बनाया है पर तू किसी काम की नहीं ! खेतों से अगर इतनी आमदनी होती तो मैं शहर से एक और औरत खरीद लाता...पर शहर भी कोसों दूर है।...औरत खेतों में काम करती है और आदमी का बिस्तर गरम करती है ! हमारे यहाँ का चलन यही है। सुन रही हो !

ग्रूशा : हाँ।

(धीरे से) मैं बेईमानी तो तुम्हारे साथ भी नहीं करना चाहती।

यूसप : बेईमानी नहीं करना चाहती !...और पानी डालो *(उसकी माँ डालती है।) ऊऽऽ...*

गायक : ज्यों ही वह बैठी किनारे नदी के कपड़े धोने वहीं एक
परछाईं उसे पानी में दिखाई दी
और धूमिल पड़ता गया वह चेहरा धीरे-धीरे
जैसे-जैसे बीतते गए दिन...
जैसे ही वह कपड़ा निचोड़ने को खड़ी हुई
पत्तों के मर्मर में सुनाई पड़ा वही एक स्वर
और वह आवाज भी धीरे-धीरे डूबती चली गई...
जैसे-जैसे बीतते गए दिन...
आहें और प्रार्थनाएँ बढ़ती गईं
बढ़ती गईं
आँसू और पसीने की धाराएँ तेज हुईं
जैसे-जैसे बीतते गए दिन...
जैसे-जैसे बच्चा बड़ा होता गया...

(ग्रूशा छोटी नदी के किनारे बैठी कपड़े पानी में फलफला रही है। थोड़ी दूर पर कुछ बच्चे खड़े हैं। ग्रूशा माइकेल से बात कर रही है।)

ग्रूशा : माइकेल जाओ, उनके साथ खेलो, पर देखो ये लोग तुम्हें सबसे छोटा देखकर हुकुम दे-देकर पदाते न रहें...समझे !

(माइकेल सिर हिलाता है और बच्चों में जा मिलता है—वे खेलना शुरू कर देते हैं।)

लम्बा लड़का : आज हम 'सर-काट' वाला खेल खेलेंगे।

(मोटे लड़के से)

तुम राजकुमार हो, तुम हँसना।

(माइकेल से)

तुम गवर्नर हो।

(एक लड़की से)

एक गवर्नर की घरवाली हो...जब इसका सर काटा जाएगा तब तुम रोना। सर मैं काटूँगा।

(वह लकड़ी की तलवार दिखाता है।)

इससे पहले गवर्नर को आँगन में ले चलो। राजकुमार आगे-आगे चलेगा, गवर्नर की घरवाली सबसे पीछे।

(वे पाँत बना लेते हैं। मोटा लड़का जाता है और हँसता है। फिर माइकेल आता है, फिर लम्बा लड़का, उसके बाद लड़की—वह रोती है।)

माइकेल : *(वहीं खड़े होकर)* मैं भी सर काटूँगा।

लम्बा लड़का : यह मैं करूँगा। तुम सबसे छोटे हो—गवर्नर का पार्ट सबसे आसान है। तुम्हें घुटनों के बल बैठना और सर कटवाना है। है न आसान !

माइकेल : मैं तलवार लूँगा !

लम्बा लड़का : यह मेरी है।

(उसे ठोकर मारता है।)

लड़की : *(ग्रूशा से ऊँची आवाज में)* हम जो करते हैं यह नहीं करता।

ग्रूशा : *(मुस्कुराकर)* शेर के बच्चे भी अपना शिकार खुद करते हैं।

लम्बा लड़का : तुम्हें हँसना आता है ? आता हो तो राजकुमार बन जाओ।

(माइकेल सिर हिलाता है।)

मोटा लड़का : हँसना मुझे सबसे अच्छा आता है। एक बार इसे सर काट लेने दो, फिर तुम...फिर मैं...।

(लम्बा लड़का बेमन से लकड़ी की तलवार माइकेल को देता है और घुटनों के बल बैठ जाता है। मोटा लड़का अपनी जाँघों पर हाथ मार-मारकर पूरी ताकत से हँसता है, लड़की जोर-जोर से रोती है। माइकेल अपने से बड़ी तलवार को घुमाकर सर काटता है—और खुद उसके ऊपर गिर पड़ता है।)

लम्बा लड़का : हो हो ! मैं ठीक से करके दिखाता हूँ।

(माइकेल भागता है। बच्चे पीछे भागते हैं। ग्रूशा उन्हें भागते देखती जाती है और हँसती है। जब पलटती है

तो दूसरे किनारे पर नजर जाती है--उधर साइमन शशावा मैली पुरानी वर्दी में खड़ा है।)

ग्रूशा : साइमन !

साइमन : हैं ! यह ग्रूशा वशनाद्जे है ?

ग्रूशा : साइमन !

साइमन : *(कोमलता से)* कैसी हो ! अच्छी तरह रहीं !

ग्रूशा : *(खुशी से उठकर खड़ी हो जाती है, झुककर जैसे सलाम करती है।)* तुम कैसे हो ! ईश्वर की मेहरबानी है, तुम जीते-जागते लौट आए !

साइमन : उन्हें मारने-काटने को और बहुत-से मिल गए थे--मुझसे अच्छे-तगड़े...सो मुझे बख्श दिया !

ग्रूशा : लोग कहेंगे--हिम्मतवाला है। पर वीर यही कहेगा--किस्मतवाला हूँ !

साइमन : और यहाँ क्या हालचाल हैं ?...सर्दी बहुत तो नहीं पड़ी... लोगों ने परेशान तो नहीं किया !

ग्रूशा : सर्दी सख्त थी...लोग तो जैसे होते हैं वैसे ही थे, साइमन !

साइमन : क्या अब भी कोई कपड़े धोते वक्त पानी में पैर लटकाकर ही बैठता है ?

ग्रूशा : अब नहीं बैठता है। झाड़ियों में झाँकती आँखों के डर से !

साइमन : कोई अब भी सिपाहियों की बात किए जा रहा है ! इधर फौजी खजांची खड़ा है।

ग्रूशा : बीस पियास्तरवाला !

साइमन : और घरवाला !

(आँखों में आँसू आ जाते हैं।) बारकों के पीछे...खजूरों के पेड़ तले...बिल्कुल नहीं...लगता है किसी ने बहुत इन्तजार किया !

ग्रूशा : किया है।

साइमन : और भुलाया भी नहीं है !

(ग्रूशा सिर हिलाती है।) और दिए वैसे ही जल रहे हैं।

(ग्रूशा खामोश नजरों से उसे देखती है और फिर सिर हिलाती है।)

क्या मतलब है इसका ? कुछ गड़बड़ हो गया है ?

ग्रूशा : साइमन ! मैं अब कभी भी नूखा वापस नहीं जा सकती ! कुछ ऐसा ही हो गया है !

साइमन : क्या हुआ है ?

ग्रूशा : कुछ ऐसा हुआ...वो...मैंने एक हथियारबन्द को मारा था !

साइमन : ग्रूशा वशनाद्जे ने किसी बात पर ही मारा होगा।

ग्रूशा : साइमन, मेरा नाम भी अब वह नहीं रह गया है जो होता था।

साइमन : *(सोचकर)* मैं समझा नहीं।

ग्रूशा : औरतें अपना नाम कब बदलती हैं साइमन ? हमारे बीच कहीं कुछ और नहीं आया है...सब कुछ वही और वैसा ही है...इतना विश्वास तो तुम्हें करना ही होगा।

साइमन : हमारे बीच कहीं कुछ और नहीं आया है...पर कुछ बदल गया है—यह कैसे हो सकता है ?

ग्रूशा : मैं कैसे समझाऊँ तुम्हें ? इतनी तेज बहती नदी हमारे बीच है, तुम वह पुल पार करके कभी नहीं आ सकते ?

साइमन : शायद अब यह जरूरी नहीं रह गया है ?

ग्रूशा : बहुत जरूरी है, पार आ जाओ साइमन...जल्दी से !

साइमन : क्या किसी को यह कहना है कि कोई बहुत देर करके पहुँचा है ?

(ग्रूशा बड़ी उदासी से उसे देखती है। आँसू ढलक आते हैं। साइमन शून्य में देख रहा है। वह जमीन पर पड़ी एक टहनी उठाकर तोड़ने लगता है।)

गायक : कुछ ऐसा है जो शब्दों में कह डाला जाता है
लेकिन,
कुछ ऐसा है जो सदा अनकहा रह जाता।
सैनिक आया है लेकिन नहीं बताता—आया
कब, कैसे ?
तो सुनो, कि जो उसने सोचा, लेकिन शब्दों में नहीं कहा :
तड़के तलवारें उठीं, दोपहर खून का दरिया बह निकला...
कुछ गिरे सामने, कुछ पीछे, कुछ गिरे पास ही आ-आकर
पीछेवालों को छोड़, सामनेवालों को चढ़कर फाँदा
कप्तान बगलवालों की गर्दनें उड़ा रहा था
खड़े-खड़े।
इक भाई को तलवार निगल बैठी, दूजे को
धुआँ मरोड़ गया,
मेरी गर्दन को अंगारों ने दाब लिया
दस्तानों में ही हाथ जम गए थे मेरे
मोजों में पैर न बन गए थे भारी-भारी पत्थर

खाने को मेरे लिए वृक्ष की छालें थीं
पीने को था मैपिल का उतरा हुआ अर्क
सोने को मेरे लिए बिस्तर था पत्थर का—
पानी में !

साइमन : घास पर एक टोपी दिखाई दे रही है...क्या कोई नन्हा-मुन्ना भी आ गया है ?

ग्रूशा : है, साइमन ! छुपाऊँगी क्यों, पर तुम परेशान मत होओ, यह मेरा नहीं है !

साइमन : एक बार हवा चलने लगे तो फिर वह हर छेद से होकर बहती है, अब किसी के कुछ भी कहने की जरूरत नहीं है !

(ग्रूशा सर झुका लेती है, कुछ भी नहीं कहती।)

गायक : उत्कट इच्छा तो थी
लेकिन नहीं था इन्तजार बाकी
सौगन्ध टूटकर बिखर गई।
लेकिन उसको खुलकर बतलाया नहीं गया—
यह आखिर क्यों ?
तो सुनो कि जो उसने सोचा, लेकिन शब्दों में
नहीं कहा :
ओ सिपाही !
जब तुम लड़ाई लड़ने में थे खोए हुए
जब तुम खून की होली खेलने में तल्लीन थे
एक बेसहारा बच्चा मेरे आँचल से बँध गया
दिल मेरा इतना कठोर नहीं हो पाया
कि कर सकती किनारा उस नन्हीं-सी जान से
आखिर मुझे करनी पड़ी उसकी सब देखभाल,
रोटी के टुकड़े को भी मारी-मारी फिरी
औ' मैंने अपने को रेशा-रेशा करके छितरा दिया...
तोड़ा है रह-रहकर अपने को उसके लिए
जो कि नहीं अपना था, एक पराए के लिए।
आखिर किसी को तो मददगार होना था।
पौदे को पानी तो देना था।
चरवाहा सो जाए तो मासूम मेमने भटक जाते हैं
औ' मेमनों का मिमियाना शून्य में खो जाता है।

साइमन : यह सलीब मुझे वापस दे दो...या...बेहतर होगा नदी में फेंक दो !

(वह जाने को होता है।)

ग्रूशा : साइमन, यों मत लौट जाओ ! यह मेरा नहीं है ! यह मेरा नहीं है ! *(वह बच्चों की पुकारें सुनती है।) क्या बात है बच्चो ?*

आवाजें : सिपाही ! सिपाही आए हैं...वे माइकेल को लिए जा रहे हैं।

(ग्रूशा सन्नाटे में खड़ी रह जाती है। दो हथियारबन्द माइकेल को लिए हुए आते हैं।)

तुम ग्रूशा हो ?

(वह सिर हिलाती है।)

यह बच्चा तुम्हारा है ?

ग्रूशा : हाँ...*(साइमन चल देता है।) साइमन !*

हथियारबन्द : सरकारी आज्ञा के अनुसार इस बच्चे को, जो तुम्हारे पास मिला है, हम शहर ले जाएँगे। शक किया जाता है कि ये माइकेल आबाशविली है—स्वर्गीय गनर्वर जार्जी आबाशविली और श्रीमती नताला आबाशविली का बेटा व उत्तराधिकारी ! यह फरमान है और यह मुहर है !

(वे बच्चे को ले जाते हैं।)

ग्रूशा : *(पीछे-पीछे चीखती हुई भागती है।)* इसे छोड़ दो...परमात्मा के लिए इसे छोड़ दो--ये मेरा है...!

गायक : हथियारबन्द लेकर बच्चे को
झपट चले—
दुखिया लड़की पीछे-पीछे
चल पड़ी साथ—
आ गई शहर,
खतरे के जाले में फँसने !
असली माता बच्चे को वापिस माँग रही
औ' क्वाँरी माँ को पड़ा अदालत में आना
आखिर सुनवाई कौन करेगा ?
बच्चा किसको जाएगा ?
जज कौन बनेगा ?
कोई भला बनेगा,
या दुर्जन होगा ?
...था शहर जल रहा लपटों में
औ' न्यायालय की कुर्सी पर
बैठा था अजदक !

5

जज की कहानी

गायक : लो सुनो कहानी, तुम्हें सुनाता हूँ जज की
वह कैसे न्यायाधीश बना है, न्याय कैसे करता है...
औ' किस मिट्टी का बना हुआ वह !
वह ईस्टर का इतवार...उस महाक्रान्ति का दिन था वह
जब बड़े ड्यूक का तख्ता बिल्कुल उलट गया था
सर कलम कर दिया ड्यूक के चाकर लाट-गवर्नर
आबाशविली का !
था एक गाँव में लेखपाल अजदक रहता
जंगल में उसे मिला था एक भगोड़ा—ले आया घर—
उसको उसने अपनी कुटिया में छिपा दिया था...

(अदजक, चिथड़ों में और कुछ नशे में है। एक फरार को अपनी झोंपड़ी में लाता है। फरार भिखारी के वेश में है।

अजदक : हिनहिनाना बन्द करो ! घोड़े हो? और ये जो तुम पुलिस से जान बचाकर भागते फिर रहे हो, इससे फायदा ? बकरे की अम्मा कब तक खैर मनाएगी ! सुनो मैं बताता हूँ।

(वह फरार को पकड़ता है, जो झोंपड़ी में ऐसे घुसता है जैसे दीवार तोड़कर घुस जाएगा।) बैठो और खाओ, थोड़ा-सा पनीर है। *(एक छोटी-सी आलमारी से चिथड़ों में लिपटा एक पनीर का टुकड़ा वह जैसे-तैसे निकालता है। फरार बेहद जल्दी-जल्दी खाता है।)*

बहुत दिनों का भूखा है।

(फरार कराहता है।)

अबे ! सर पर पैर रखकर क्यों भागा जा रहा था, गधे की औलाद ! पुलिस तुझे देख भी न पाती !

फरार : जरूरी था !

अजदक : डरपोक कहीं का !

(फरार ताकता है, बिना कुछ समझे हुए) डरता है ? उस बड़े ड्यूक और घुड़सवार की तरह बार-बार लार क्या चाटता है ! मुझे चिढ़ लगती है। इन चर्बी चढ़े अमीर सुअरों को तो परमात्मा ने बना दिया है, सो उन्हें तो बर्दाश्त करना ही पड़ता है...तुम जैसों को करे मेरी जूती ! एक बार सुना था कोई बड़ी दावत थी—वहाँ एक बड़े जज ने सरेआम पाद मारा था—अपने आजाद खयालों का सबूत देने के लिए ! तुम्हें इस तरह खाते देख—मन में बड़े बेहूदे खयाल उठ रहे हैं। तुम कुछ बोलते क्यों नहीं ?

(तेजी से)

जरा अपना हाथ दिखाना ? सुना नहीं ? अपना हाथ दिखाओ !

(फरार संकोच से हाथ बढ़ाता है।)

गोरा ! हूँ, तो तुम भिखारी-फिकारी नहीं हो। धोखेबाज... बदमाश ! मैं तुम्हें पुलिस से बचा रहा हूँ कि चलो भला आदमी होगा, पर तुम लगते जमींदार हो ! फिर ऐसे क्यों भागते फिर रहे हो ! हो न जमींदार ! झूठ मत बोलना—तुम्हारा चेहरा बता रहा है।

(खड़ा हो जाता है।)

निकल जाओ यहाँ से !

(फरार अनिश्चय से उसकी ओर देखता है।)

इन्तजार किस बात का है ! किसानों के हत्यारे !

फरार : मेरा पीछा किया जा रहा है। मुझे सहारा चाहिए। मैं वचन देता हूँ तुम जो कुछ...।

अजदक : क्या देते हो ? वचन ! हद है बदतमीजी की ! यह वचन देगा ! आग लगाके पानी लेने दौड़ता है ! निकल जा यहाँ से...मैं कहता हूँ निकल जा !

फरार : बात समझने की कोशिश करो। मिन्नत करता हूँ। रात-भर के लिए एक लाख पियास्तर दूँगा। ठीक है।

अजदक : क्या ? तुम समझते हो मैं बिकाऊ हूँ ? वह भी एक लाख में ! जमींदार है या निरा लीचड़। डेढ़ लाख चलेगा ! हैं ?

फरार : मेरे पास तो नहीं हैं। भिजवा दिए जाएँगे। इत्मीनान रखो।

अजदक : इत्मीनान कत्तई नहीं किया जा सकता। निकल जाओ !

(फरार उठकर जल्दी-जल्दी दरवाजे तक जाता है। पृष्ठभूमि से आवाज :)

आवाज : अजदक ?

(फरार तेजी से लौटता है, कोने में जाकर सहमा-सा चुपचाप खड़ा हो जाता है।)

अजदक : *(चिल्लाकर)*

मैं घर पर नहीं हूँ।

(दरवाजे तक जाता है।)

तुम फिर यहाँ ताक-झाँक करते घूम रहे हो, शौवा !

शौवा : *(जो कि पुलिस का सिपाही है, बाहर ही खड़े-खड़े फटकारता है)* अजदक, तुमने एक और खरगोश पकड़ लिया ! तुम्हारा वादा था, यह फिर नहीं होगा !

अजदक : *(सख्ती से)* शौवा, जब जानते नहीं हो तो टाँग मत अड़ाया करो ! खरगोश एक खतरनाक और नुकसान पहुँचानेवाला जानवर है। वह फसल को तहस-नहस कर देता है... खासतौर से फसल के साथ उगी घास-पात को। इसलिए खरगोशों का सफाया कर देना चाहिए।

शौवा : अजदक, तो मुझ पर क्यों बिगड़ते हो ! तुम्हें गिरफ्तार नहीं करूँगा, तो मेरी नौकरी चली जाएगी। तुम नेक-दिल आदमी हो, यह मैं जानता हूँ।

अजदक : मेरा दिल नेक नहीं है। कितनी बार बताना पड़ेगा तुम्हें कि मैं अक्ल का पुतला हूँ।

शौवा : *(बनकर)* मुझे पता है कि अजदक—तुम जरा ऊँची किस्म के इंसान हो। तुम खुद भी तो यही कहते हो ! मैं तो ईसाई हूँ और गँवार भी, इसलिए तुम्हीं बताओ—अगर राजकुमार का खरगोश चोरी हो जाए तो पुलिस का आदमी होने के नाते चोर के साथ क्या करना चाहिए ?

अजदक : शौवा, लानत है तुम पर ! तुम मुझसे सवाल पूछते हो ! सवाल से ज्यादा खूबसूरत चीज दूसरी नहीं। मान लो तुम एक औरत हो—मिसाल के तौर पर नुनोवना—अरे, वही, आवारा छोकरी ! और तुम मुझे जाँघ खोलकर दिखाते हो—नुनोवना की जाँघ, हैं ! और पूछो मुझसे—'मैं जाँघ का क्या करूँ—इसमें खुजली होती है।' तो क्या इस नखरेबाजी को मासूमियत कहा जाएगा ? नहीं। मैं एक खरगोश पकड़ता हूँ। तुम एक आदमी पकड़ते हो। आदमी परमात्मा

का अंश है, खरगोश नहीं है। समझे ! मैं खरगोश खाता हूँ पर तुम आदमखोर हो शौवा ! ईश्वर के इंसाफ से डरो, शौवा...घर जाओ और कानों को हाथ लगाओ। पर जरा रुकना, एक बात है...।

(वह फरार को देखता है, जो कोने में खड़ा काँप रहा है।)

नहीं, नहीं...कुछ नहीं है...घर जाओ और तौबा करो।

(और दरवाजा खड़ाक से बन्द कर लेता है। फिर फरार से)

तुम्हें ताज्जुब हो रहा होगा। हैं ! ताज्जुब यह कि तुम्हें उसके हवाले क्यों नहीं कर दिया ? तुम तो तुम...मैं एक खटमल तक को इन जालिम पुलिसवालों के हवाले नहीं कर सकता। ये अपनी आदत के खिलाफ है। पुलिसवाले से क्या डरना ? इतनी उमर के होकर भी डरते हो ? पनीर खा लो...पर गरीब की तरह खाना। नहीं तो अब भी पकड़े जा सकते हो। लगता है तुम्हें यह भी बताना पड़ेगा कि गरीब के तौर-तरीके क्या होते हैं।

(उसे बैठाकर पनीर फिर दे देता है।)

यह बक्सा, मेज है। कोहनियाँ मेज पर रखो। तश्तरी को बाँहों से यों घेर लो...कि जैसे तुम्हें लग रहा है कि कोई अभी झपट्टा मारकर इसे छीन लेनेवाला है। तुम्हें सुरक्षित रहने का क्या हक है ?...अब छुरी को यों पकड़ो जैसे छोटा-सा हँसिया हो—पनीर को लालच से मत देखो, इसे दुखभरी नजरों से देखो...क्योंकि यह गायब होता जा रहा है...जैसे हर अच्छी चीज हो जाती है।

(अजदक फरार को गौर से देखता है।)

वे तुम्हारा पीछा कर रहे हैं। यह तुम्हारे हित में है। लेकिन मैं कैसे मानूँ कि वे गलती से तुम्हारे पीछे नहीं लगे हैं। एक बार तिफलिस में उन्होंने एक जमींदार को फाँसी दी थी—वह तुर्क था। वह यह साबित नहीं कर पाया कि उसने अपने किसानों को दस्तूर के मुताबिक सिर्फ दो टुकड़ों में चीरा था, उस बेचारे ने चार-चार टुकड़ों में चीर दिया था। टैक्स भी जितना लगना चाहिए, उससे दुगना उसने वसूल किया था। उसके जोश पर शक नहीं किया जा सकता था, फिर भी उसे मामूली अपराधी की तरह फाँसी पर चढ़ा

दिया गया—क्यों ? क्योंकि वह तुर्क था—इस सिलसिले में वह ज्यादा कुछ कर भी नहीं सकता था...यह सरासर बेइंसाफी थी...खामख्वाह उसे फाँसी दे दी गई। बहरहाल, सौ बात की एक बात—मैं तुम्हारी बात पर इत्मीनान नहीं कर सकता !

गायक : उस बूढ़े भिक्षुक ने इस तरह शरण पाई अजदक के घर,
तब पता चला,
वह मामूली भिक्षुक-सा दिखनेवाला था हत्यारा,
अत्याचारी बड़ा ड्यूक !
अजदक के मन में ग्लानि भर उठी,
खूब लताड़ा उसने अपने को
औ' खुद ही आवाज लगाई—'मुझको पकड़ो,
ले चलो अदालत में नूखा की !
वहीं पर होगा अपना न्याय !'

(अदालत में तीन हथियारबन्द बैठे शराब पी रहे हैं। एक शहतीर या खम्भे से एक आदमी टँगा हुआ है, जो जज की पोशाक पहने है। जंजीरों में बँधा अजदक आता है—पीछे-पीछे शौवा घिसटता-सा चला आ रहा है।)

अजदक : *(चीखते हुए)* मैंने मदद की, फरार होने में—बड़े ड्यूक की ! उस डाकू की ! हत्यारे की ! इंसाफ के नाम पर मैं माँग करता हूँ कि खुली अदालत में मुझ पर मुकदमा चलाया जाए और सख्त-से-सख्त सजा दी जाए।

हथियारबन्द : यह कौन अहमक है ?

शौवा : गाँव का मुंशी—अजदक।

अजदक : मैं नीच हूँ, कमीना हूँ...मेरे माथे पर कलंक का टीका है। ऐ उजबक, इन्हें बता कि कैसे मैंने जिद की कि मुझे जंजीरों में जकड़ा जाए और राजधानी ले जाया जाए ! क्योंकि मैंने बड़े ड्यूक को पनाह दी थी...उस शातिर फरेबी को...गलती से। यह गलती मुझे बाद में पता चली, जब मुझे यह दस्तावेज अपनी झोंपड़ी में बरामद हुआ *(हथियारबन्द दस्तावेज पढ़ते हैं। शौवा से)* ये नहीं पढ़ सकते। इन्हें बताओ कि यह दागी आदमी खुद अपने को दोषी ठहरा रहा है। इन्हें यह भी बताओ कि लगातार आधी रात पैदल चलने के लिए मैंने तुम्हें मजबूर किया...ताकि सब बातें बताई जा सकें।

शौवा : बराबर धमका-धमका के ! यह तुमने अच्छा नहीं किया अजदक !

अजदक : बको मत शौवा ! तुम नहीं समझते। एक नया युग आ गया है। यह युग बिजली की तरह टूटेगा। तुम खाक हो जाओगे ! पुलिस मिट जाएगी...हूँ। हर बात की जाँच-पड़ताल होगी। सबके सामने लाई जाएगी। भविष्य में अगर आदमी गलती करेगा तो कबूल करेगा। क्योंकि वह जनता से बचकर निकल नहीं पाएगा। इन्हें यह भी बताओ कि मोची बाजार से गुजरते हुए मैं लगातार कैसे चीख-चीख कर कह रहा था...

(वह बहुत हाथ-पैर फटकार-फटकार कर यह सब कह रहा है। फिर एक ओर देखकर हथियारबन्दों से)

सिर्फ अपनी नादानी में मैंने उस डामिस धोखेबाज को निकल भागने दिया। भाइयो ! मेरी बोटी-बोटी नोच डाली जाए !

हथियारबन्द-1 : और उन लोगों ने क्या जवाब दिया ?

शौवा : कसाई बाजारवालों ने इसे तसल्ली दी, और मोची बाजारवाले हँस-हँसकर दोहरे हो गए। बस !

अजदक : पर यहाँ दूसरी बात है। यहाँ तुम हो—तुम फौलादी आदमी हो। भाइयो ! जज साहब कहाँ हैं ? मुझ पर मुकदमा चलना चाहिए।

हथियारबन्द-1 : *(लटके हुए आदमी की ओर इशारा करके)* ये रहे जज साहब। और यह भाई-भाई-भाई का जाप बन्द करो ! इस शाम यह जाप सुहाता नहीं।

अजदक : 'ये रहे जज साहब।' यह जवाब ग्रूसीनिया में आज तक किसी ने नहीं सुना होगा। नागरिको ! श्रीमान गवर्नर साहब कहाँ हैं ?

(सूली की तरफ इशारा करके)

ये रहे श्रीमान गवर्नर साहब ! कहाँ हैं टैक्स-कलक्टर साहब ? कहाँ हैं सरकारी भर्ती अफसर ? बड़े पादरी साहब ? पुलिस के बड़े साहब ?—यहाँ, यहाँ, यहाँ—सब यहाँ हैं भाइयो ! मुझे तुमसे यही उम्मीद थी।

हथियारबन्द-2 : ऐ अहमक, तुम्हें काहे की उम्मीद थी ?

अजदक : जो ईरान में हुआ भाइयो, ईरान में।

हथियारबन्द-2 : क्या हुआ ईरान में ?

अजदक : चालिस बरस हुए। सब फाँसी पर चढ़ा दिए गए। वजीर, टैक्स-कलक्टर—सब ! मेरे दादा बड़े आला आदमी थे, उन्होंने सब देखा था। लगातार तीन दिन हर जगह यही होता रहा।

हथियारबन्द-2 : वजीर तो फाँसी पर चढ़ा दिए गए—तब राज किसने चलाया ?

अजदक : एक किसान ने।

हथियारबन्द-2 : फौज की कमान किसने सँभाली ?

अजदक : एक सिपाही ने।

हथियारबन्द-2 : तनख्वाहें किसने बाँटीं ?

अजदक : एक रँगरेज ने। एक रँगरेज ने बाँटीं।

हथियारबन्द-2 : भूल तो नहीं रहे--वह कालीन-बुनकर तो नहीं था ?

हथियारबन्द-2 : पर ईरान में यह सब हुआ क्यों ?

अजदक : 'हुआ क्यों'—कोई जरूरी है कि हर बात की वजह हो ? तुम काहे को अपनी अक्ल घिसे डाल रहे हो मेरे भाई ? लड़ाई ! बहुत लम्बी लड़ाई ! और अंधेरगर्दी। मेरे दादा वहाँ से एक गीत याद कर लाए थे—जिसमें सारा हाल है। मैं और मेरा दोस्त—यह सिपाही, यानी हम दोनों गाकर सुनाएँगे।

(शौवा से)

जंजीर कसकर पकड़े रहना, यह बात भी गीत में शामिल है !

(वह गाता है। शौवा जंजीर पकड़े रहता है।)

अब क्यों नहीं बहता है खून तुम्हारे बेटों का
बेटियाँ हमारी अब क्यों नहीं रोती हैं ?
सिर्फ कसाईखाने के बछड़ों की रगों में ही
खून बाकी क्यों रह गया है?
सिर्फ उर्मि झील के किनारे के सरपत क्यों रोते हैं ?
शहंशाह के पास नया राज्य तो होना ही चाहिए
पेश कर देनी चाहिए किसानों को अपनी पूँजी
दुनिया की मिल्कियत हथियाने के वास्ते
गरीबों के घरों की छतें ढहा देना जरूरी है !
बिखरे हुए हैं सारी सिम्तों में
हमारे जैसे गरीब आदमी
ताकि जो महान हैं, बड़े हैं,

वे अपने घरों पर आराम से खा सकें !
सैनिक एक-दूसरे को उतारते हैं मौत के घाट !
और सेनापति एक-दूसरे को ठोंकते हैं—
सिर्फ सलाम !
विधवाओं से वसूला जाता है
कर का रुपया—और परखकर
देखा जाता है कि असली है या नकली
पर युद्ध में ठोंक-परखकर भेजी गई तलवारें,
ककड़ी की तरह टूट-टूट जाती हैं।
जिरहबख्तरों की कीमत चुकाई जा चुकी है,
और युद्ध हारा जा चुका है ! क्या यही न्याय है ?
क्या यही न्याय है ?

शौवा : हाँ, हाँ, हाँ, हाँ—यही न्याय है।

(शौवा दोहराता है।)

अजदक : पूरा सुनोगे ?

(पहला हथियारबन्द सिर हिलाता है।)

हथियारबन्द-2 : *(शौवा से)* इसने यह गीत तुम्हें सिखाया था ?

शौवा : हाँ, पर मेरी आवाज जरा खराब है।

हथियारबन्द-2 : नहीं तो।

(अजदक से)

चालू रखो।

अजदक : दूसरा हिस्सा शान्ति के बारे में है, *(गाता है)*

दफ्तर ठसाठस भरे हुए हैं, अधिकारीगण कर रहे हैं सड़कों पर काम !
नदियाँ उफनकर किनारों से बाहर बह जाती हैं, खेत परती पड़ जाते हैं।
अपना पाजामा बाँधने की तमीज नहीं जिन्हें,
वे करते हैं मुल्कों पर हुकूमत,
जिनको दस तक गिनती नहीं गिन आती, वे
छप्पन तरह के भोजन भकोसे चले जाते हैं। अन्न उपजाने वाले किसान, खरीदारों के लिए नजर दौड़ाते हैं,
दिखाई देते हैं भुखमरे...जुलाहे करघों से वापस घर जाते हैं चीथड़ों में,
क्या यही न्याय है ? क्या यही न्याय है ?

शौवा : हाँ, हाँ, हाँ, हाँ, हाँ...यही न्याय है !

अजदक : इसलिए अब हमारे बेटों का खून नहीं बहता है,
हमारी बेटियाँ अब नहीं रोतीं।
इसीलिए सिर्फ कसाईखाने के बछड़ों के खून होता है,
और उर्मि झील के किनारे के सरपत सुबह रोते हैं !

हथियारबन्द-1 : *(कुछ रुककर)* यह गीत तुम शहर में भी गाओगे ?

अजदक : जरूर। क्या बुराई है ?

हथियारबन्द-1 : देख रहे हो, आसमान लाल हो रहा है ! *(अजदक चारों तरफ देखता है, आसमान आग की लपटों से लाल हो रहा है।)*

यह आग शहर के बाहरी हिस्सों की है। आज सुबह जब राजकुमार काजबेकी ने गवर्नर आबाशविली का सर कटवाया—तभी से अपने कालीन-बुनकरों को 'ईरानी बीमारी' ने पकड़ लिया है। वे पूछते थे—राजकुमार काजबेकी खुद तो कहीं छप्पन प्रकार के भोग नहीं उड़ा रहे ? और सुबह ही उन्होंने शहर के जज को लटका दिया। पर हमने पीट-पीटकर बुनकरों का भुर्ता बना दिया—दो पियास्तर फी बुनकर की दर से। समझे !

अजदक : *(जरा रुककर)* समझ गया।

(वह संकोच से इधर-उधर नजर डालता है, फिर खामोशी से चलकर एक कोने में बैठ जाता है। हाथों पर माथा टिकाकर)

हथियारबन्द-1 : *(पहला और दूसरा हथियारबन्द अजदक की तरफ जाते हैं और उसकी तरफ का दरवाजा बन्द कर देते हैं।)*

शौवा : वैसे तो ये बुरा आदमी नहीं है। बस कभी-कभी यह यहाँ-वहाँ से कुछेक मुर्गियाँ दाब लेता है और एकाध खरगोश।

हथियारबन्द-2 : *(अजदक के पास जाते हुए)* इस उथल-पुथल में तुम अपना उल्लू सीधा करने यहाँ आए हो, ऐं !

अजदक : *(उसे देखते हुए)* मुझे खुद नहीं मालूम, मैं क्यों आया हूँ।

हथियारबन्द-2 : तुम कालीन-बुनकरों के साथ हो ? *(अजदक नहीं में सिर हिलाता है।)* तो फिर यह तुम्हारा गीत !

अजदक : वह दादा का है—वे निहायत बेवकूफ और जाहिल थे।

हथियारबन्द-2 : ठीक ! पर वह रँगरेज, जिसने तनख्वाहें बाँटी थीं ?

अजदक : वह ईरान का मामला है।

हथियारबन्द-1 : और बड़े ड्यूक को अपने हाथों फाँसी पर न चढ़ा पाने के

लिए जो तुम अपने को कोस रहे थे ?

अजदक : बताया तो था कि मैंने खुद उन्हें भाग निकलने दिया।

शौवा : इसने उन्हें भाग निकलने दिया—इसकी सौगन्ध तो मैं भी खा सकता हूँ।

(हथियारबन्द अजदक को सूली की ओर खींचते हुए ले जाते हैं। अजदक चीख रहा है। फिर वे उसे छोड़ देते हैं और ठहाके लगाने लगते हैं। अजदक भी हँसी में शामिल होता है, बल्कि सबसे ऊँचा हँस रहा है। वे उसकी जंजीरें खोल देते हैं। सब पीने-पिलाने बैठ जाते हैं, तभी मोटा राजकुमार एक नौजवान के साथ प्रवेश करता है।)

अजदक : *(नजदीक से)* वह रहा तुम्हारा नया युग ! *(और हँसी)*

मोटा राजकुमार : दोस्तो ! हँसने को ऐसी क्या बात है यहाँ ? आज्ञा दीजिए कि कुछेक गम्भीर बातें मैं कर सकूँ। कल सुबह ग्रूसीनिया के राजकुमारों ने बड़े ड्यूक की जंग-पसन्द सरकार का तख्ता उलट दिया था। उनके गवर्नरों का सफाया भी कर दिया था। पर दुर्भाग्य से बड़ा ड्यूक बचकर निकल भागा है। ऐसे अहम मौके पर इन कालीन-बुनकरों ने, जो हमेशा से फसादी रहे हैं, अपनी टाँग अड़ाकर बगावत करवा दी है। और शहर के लोकप्रिय जज...अपने इल्ला और बिलियानी को फाँसी देकर मार डाला है। हूँ...हूँ ! मेरे दोस्तो ! हमें ग्रूसीनिया में चाहिए शान्ति ! शान्ति, पूरी शान्ति। और न्याय ! इसीलिए मैं इसे लाया हूँ—ये होगा नया जज ! काबिल आदमी है। मेरा कहना है कि...जनता खुद ही यह फैसला करे !

हथियारबन्द-1 : इसका मतलब है—हम जज का चुनाव करें ?

मोटा राजकुमार : बेशक ! जनता ने एक काबिल आदमी को प्रस्तावित किया है। दोस्तो...सलाह-मशवरा कर लो ! *(हथियारबन्द बातचीत करते हैं।)* परेशान क्यों होता है लूमड़... *(भतीजे से)* तेरी यह नौकरी पक्की है ! एक बार बड़ा ड्यूक पकड़ में आ भर जाए, फिर हमें इन गधों के चूतड़ भी सहलाने की जरूरत नहीं रहेगी।

हथियारबन्द : *(एक-दूसरे से)* इनकी हालत पतली इसलिए है कि बड़े ड्यूक अभी पकड़ में नहीं आ पाए हैं। इसके लिए तो इस मुंशी को शाबाशी मिलनी चाहिए। इसने उन्हें निकल भागने दिया। ऊँट किस करवट बैठेगा—ये अभी इसी

दबसट में हैं, इसीलिए 'मेरे दोस्तो' और 'जनता खुद ही फैसला करें' की रट लगाए हुए हैं। और-तो-और, अब तो यह भी ग्रूसीनिया में इंसाफ का राज चाहते हैं। अरे तमाशा तो तमाशा है, चलने दो, जब तक चले। इस मुंशी से पूछो...ये इंसाफ की जड़-पूँछ सब जानता है—ऐ पाजी ! भतीजे को जज बनाया जाए...क्या कहता है ?

अजदक : ऐं !

हथियारबन्द-2 : *(दोहराता है)* भतीजे को जज बनाया जाए...तुम्हारी क्या राय है ?

अजदक : मुझसे पूछ रहे हो ? तुम मुझसे झूठ-मूठ पूछ रहे हो...क्यों ?

हथियारबन्द-2 : क्यों क्या ? अरे मजाक ही सही !

अजदक : मेरे खयाल से तुम लोग इसे परखना चाहते हो। ठीक बात है न ? कोई लफंगा-बदमाश तुम्हारी हिरासत में है ? नम्बरी आदमी चाहिए। तभी यह उम्मीदवार अपनी काबलियत दिखा पाएगा।

हथियारबन्द-3 : देखता हूँ। हाँ...हाँ...हैं। गवर्नर के भड़ुए दो डॉक्टर नीचे हैं। उन्हें इस्तेमाल किया जाए।

अजदक : नहीं ! यह ठीक नहीं है ! जब तक जज की नियुक्ति के बारे में तय नहीं हो जाता, असली मुजरिमों को नहीं लाया जा सकता। हो सकता है—यह गधा ही हो—पर इसकी बाकायदा नियुक्ति होनी चाहिए, वरना यह बात कानून के खिलाफ होगी। कानून बड़ी नाजुक चीज है, तिल्ली की तरह। एक बार भी दो-चार घूँसे पड़ गए, बस काम तमाम ! तुम चाहो तो दोनों को फाँसी दे सकते हो। तब कानून का उल्लंघन नहीं होगा—क्योंकि कोई जज मौजूद नहीं है। पर फैसला हमेशा पूरी गम्भीरता से दिया जाना चाहिए—क्योंकि यह निहायत सड़ी हुई चीज है। मान लो कोई औरत अपने बच्चे के लिए मक्के की रोटी चुराती है—इस जुर्म में एक जज उसे जेल में डाल देता है। फैसला देते वक्त वह जज अपना अदालती लिबास नहीं पहने है—या वह खुजली कर रहा है और खुजली करने में उसका एक-तिहाई बदन नंगा है—एक-तिहाई हिस्से के हिसाब से उसे अपनी जाँघ ही खुजलानी पड़ेगी—ऐसी हालत में जो फैसला देता है, वह शर्मनाक है और कानून के खिलाफ है। जज का लबादा और टोपी फैसला दे सकते हैं, पर इस

तामझाम के बिना जज फैसला नहीं दे सकता। अगर तुम इन बातों की पाबन्दी नहीं करोगे तो कानून मिट्टी में मिल जाएगा। कुत्ते को पिलाकर शराब की पहचान नहीं की जाती, क्यों ? इसलिए कि शराब उसे नहीं चढ़ती।

हथियारबन्द-1 : बाल की खाल बाद में निकालना, पहले अपनी राय तो बताओ !

अजदक : मैं मुलजिम बन जाता हूँ...किस जुर्म का बनूँ...यह तय कर लेना मेरे लिए मुश्किल नहीं है। *(अजदक कुछ फुसफुसाकर बातें करता है।)*

हथियारबन्द-1 : तुम ?

(सब हँस पड़ते हैं।)

मोटा राजकुमार : तुम लोगों ने क्या तय किया ?

हथियारबन्द-1 : हमने तय किया है कि एक बार जरा आजमाइश कर ली जाए। हमारा यह दोस्त मुलजिम बनेगा...और...उम्मीदवार के लिए जज की जगह यह रही।

मोटा राजकुमार : यह अजीब बात है...पर खैर...। *(भतीजे से)* ये सिर्फ खानापूरी है लूमड़। कुछ पढ़ा-वढ़ा है या नहीं ? जीतता कौन है ? तेज चलनेवाला या धीमे चलनेवाला ?

भतीजा : खामोश चलनेवाला, चचा आर्सन ! *(भतीजा जज की जगह पर बैठता है। मोटा राजकुमार उसके पीछे खड़ा होता है। हथियारबन्द सीढ़ियों पर बैठ जाते हैं। अजदक प्रवेश करता है—बड़े ड्यूक की पूरी नकल करते हुए।)*

अजदक : यहाँ कोई है जो मुझे पहचानता हो ? मैं बड़ा ड्यूक हूँ।

मोटा राजकुमार : क्या है यह ?

हथियारबन्द-2 : बड़ा ड्यूक ! यह उन्हें वाकई जानता है !

मोटा राजकुमार : बहुत खूब !

हथियारबन्द : कार्रवाई शुरू करो !

अजदक : सुनो ! मुझ पर इल्जाम है कि मैं लड़ाइयाँ लड़ता रहता हूँ। बकवास ! मैं कहता हूँ—यह सरासर बकवास है ! इतना काफी है ? अगर नहीं है तो मेरे साथ वकील भी हैं। करीब पाँच सौ वकील !

(वह अपने पीछे इशारा करता है—जैसे कि सब वकील उसे लगभग घेरे खड़े हैं।) वकीलों के लिए कुर्सियाँ लाई जाएँ। *(हथियारबन्द हँसते हैं, मोटा राजकुमार भी साथ देता है।)*

भतीजा : *(हथियारबन्दों से)* क्या तुम लोग चाहते हो कि मैं इस

मुकदमे की सुनवाई करूँ ? यह मुकदमा मुझे जरा अजीब लग रहा है—मेरा मतलब है अपने मिजाज के खयाल से।

हथियारबन्द-1 : चालू रखो !

मोटा राजकुमार : *(मुस्कुराकर)* चलने दो न लूमड़ !

भतीजा : ठीक है ! ग्रूसीनिया की जनता बनाम बड़े ड्यूक ! मुलजिम अपना बयान दे !

अजदक : जितना कहिए ! मैंने खुद खबरें पढ़ी हैं—लड़ाई में हार हुई है। जब लड़ाई शुरू की गई थी उस वक्त मैंने राय ली थी—चाचा काजबेकी जैसे देशभक्तों की। चचा काजबेकी को गवाही के लिए बुलाया जाए। *(हथियारबन्द हँसते हैं।)*

मोटा राजकुमार : *(हथियारबन्दों से हँसकर)* मजेदार आदमी है। ऐं !

भतीजा : प्रस्ताव नामंजूर किया जाता है। लड़ाई छेड़ने के लिए तुम पर इल्जाम नहीं लगाया जा सकता। हर राजा को कभी-कभार लड़ाई छेड़नी पड़ती है, पर लड़ाई का संचालन ठीक तरह नहीं किया गया—यह इल्जाम बनता है।

अजदक : बकवास ! संचालन मैंने खुद कत्तई नहीं किया, करवाया था। राजकुमारों ने संचालन किया था। उन्होंने ही सब गुड़-गोबर किया है। सचमुच !

भतीजा : क्या तुम इनकार करते हो कि तुम सेनापति नहीं थे ?

अजदक : जी नहीं ! मैं बराबर सेनापति रहा हूँ। जन्म लेते ही मैं धाय-माँ पर चीखा ! फिर कायदे से मैंने हगने की तालीम ली। हुक्म चलाने की आदत सीखी। अफसर हमेशा मेरे ही हुक्म पर मेरा खजाना लूटते हैं। मेरे ही हुक्म पर अफसर सिपाहियों की खालें उधड़वाते हैं। सिर्फ मेरे ही हुक्म पर जमींदार किसानों की बीवियों के साथ सोते हैं। चचा काजबेकी ने मेरे ही हुक्म पर अपनी तोंद बढ़ाई है।

हथियारबन्द : *(तालियाँ बजाकर)* बहुत अच्छे ! जियो मेरे बड़े ड्यूक।

मोटा राजकुमार : इसे जवाब दो लूमड़ ! मैं तुम्हारे साथ हूँ।

भतीजा : मैं जवाब दूँगा पर कानून की इज्जत रखते हुए। मुलजिम ...तुम भी कानून की इज्जत का खयाल रखो।

अजदक : मंजूर है। मैं हुक्म देता हूँ कि कार्रवाई जारी रखी जाए।

भतीजा : मुझे हुक्म देना तुम्हारा काम नहीं है। हाँ, तो तुम्हारा दावा है कि राजकुमारों ने तुम्हें लड़ाई छेड़ने को मजबूर किया ! तब यह दावा कहाँ ठहरता है कि उन्होंने सब गुड़-गोबर कर दिया ?

अजदक : उन्होंने पूरी फौज नहीं भेजी। रुपयों का गबन किया। वे बीमार घोड़े लाए। हमले के वक्त वे नशे में धुत्त, रंडियों के कोठों पर पाए गए...चचा काजबेकी को गवाही के लिए बुलाया जाए। *(हथियारबन्द हँसते हैं।)*

भतीजा : तो क्या तुम यह भयंकर इल्जाम लगाते हो कि देश के राजकुमार लड़े ही नहीं ?

अजदक : नहीं ! राजकुमार लड़े—राजकुमार फौजी ठेकों के लिए लड़े।

मोटा राजकुमार : *(एकदम उछलकर)* बस, अब हद हो गई ! यह आदमी कालीन-बुनकरों की तरह बात करता है !

अजदक : सच ? मैं तो सिर्फ सच्चाई बयान कर रहा हूँ।

मोटा राजकुमार : फाँसी ! इसे फाँसी दो !

हथियारबन्द-1 : ऐ, चुप रहो। हुजूर, कार्रवाई चालू रखें।

भतीजा : खामोश...मैं फैसला देता हूँ—गर्दन में फन्दा डाला जाए—फाँसी पर चढ़ा दिया जाए...लड़ाई हारने के जुर्म में। फैसला खत्म ! कोई अपील नहीं सुनी जाएगी।

मोटा राजकुमार : *(पागलों की तरह)* इसे ले जाओ ! ले जाओ इसे ! ले जाओ।

अजदक : नौजवान ! मैं गम्भीरता से तुम्हें राय देता हूँ कि यों आम जगहों में तोड़-तोड़कर और झटके दे-देकर बोलना ठीक नहीं होता। कुत्ता अगर भेड़िए की तरह गुर्राए तो किसी काम का नहीं रहता। समझे ?

मोटा राजकुमार : इसे फाँसी पर लटकाओ !

अजदक : अगर जनता यह जान गई कि राजकुमार भी बड़े ड्यूकों की जबान में बोलते हैं तो वह बड़े ड्यूकों और राजकुमारों—सबको फाँसी दे सकती है। खैर, फैसला रद्द। वजह—लड़ाई में हार हुई, पर राजकुमारों की नहीं। राजकुमारों ने अपनी लड़ाई जीत ली है ! अड़तीस लाख तिरसठ हजार पियास्तर राजकुमारों ने उन घोड़ों के नाम पर खाए हैं, जो फौज को पहुँचाए नहीं गए !

मोटा राजकुमार : इसे फाँसी दो !

अजदक : और बयासी लाख चालीस हजार पियास्तर उस रसद के नाम पर खाए हैं जो कभी नहीं पहुँची।

मोटा राजकुमार : इसे फाँसी दो !

अजदक : इसलिए राजकुमारों की जीत हुई। पर लड़ाई हारी है

ग्रूसीनिया ने...जो अदालत में हाजिर नहीं है।

मोटा राजकुमार : अब बहुत हो लिया दोस्तो !

(अजदक से)

जेल के पंछी ! तुम जा सकते हो।

(हथियारबन्दों से)

नए जज की नियुक्ति के बारे में अब तुम लोग तय कर सकते हो दोस्तो !

हथियारबन्द-1 : हाँ, कर सकते हैं। जज का लबादा उतारो। *(एक हथियारबन्द दूसरे की पीठ पर चढ़कर लाश का लबादा उतारता है।)* और अब.... *(भतीजे से)* तुम हवा हो जाओ, ताकि हम सही कुर्सी पर सही गधे को बैठा सकें।

(अजदक से)

ऐ, तुम आगे बढ़ो और जज की कुर्सी की शोभा बढ़ाओ।

(अजदक झिझकता है।)

ऐ, बैठता है कि नहीं !

(अजदक को हथियारबन्द जबरदस्ती कुर्सी पर बैठा देते हैं।)

अब तक जज बदमाश हुआ करते थे—अब एक बदमाश जज होगा !

(जज का लबादा उसके कंधों पर जैसे-तैसे धर दिया जाता है। खपच्चियों का एक टोप सर पर रख दिया जाता है।)

ये रहा जज !

गायक : और फिर देश में गृह-यद्ध छिड़ गया
शासकों की जिन्दगी खतरे में पड़ गई
बना दिया अजदक को जज हथियारबन्दों ने
और अजदक दो साल तक बना रहा न्यायाधीश !

गायक और गायकवृन्द : आलीशान मकान राख की ढेरी बन जाते हैं
सड़कों पर बहता है चिपचिपा खून !
मोरियों से बाहर आ जाते हैं चूहे
औ' सड़ते मांस पर बिलबिलाते हैं कीड़े
पवित्र वेदी के आसपास छाए रहते हैं ठग और पाखंडी !
पर अब अजदक जमकर है बैठा
न्यायालयवाली कुर्सी पर !

(अजदक जज की कुर्सी पर बैठा-बैठा एक सेब छील

रहा है। शौवा कमरे में झाड़ू देता है। एक ओर पहियोंवाली कुर्सी में एक दुर्बल रोगी बैठा है। मुलजिम डॉक्टर और एक मैला-कुचैला लँगड़ा बैठा है। दूसरी ओर एक नौजवान है, जिस पर गुंडागर्दी से रुपया वसूलने का इल्जाम है। पहरे पर एक हथियारबन्द है, जिसके हाथ में हथियारबन्दों का झंडा है।)

अजदक : चूँकि मुकदमों की संख्या बहुत ज्यादा है इसलिए आज अदालत दो-दो मुकदमे एक साथ सुनेगी। इससे पहले कि मैं कार्रवाई शुरू करूँ, एक छोटा-सा ऐलान सुनिए—मैं लेता भी हूँ! *(अपना हाथ फैलाता है : सिर्फ वह गुंडा कुछ सिक्के निकालकर उसके हाथ पर रख देता है।)*

मैं खुद अपने को यह हक देता हूँ कि इन दोनों में से जिस एक को चाहूँ, सजा दे दूँ...।

(वह दुर्बल रोगी को देखता है।)

अदालत का अपमान करने के लिए।

तुम *(डॉक्टर से)* डॉक्टर हो, और तुम...*(दुर्बल रोगी से)* इसके खिलाफ शिकायत लेकर आए हो। क्या तुम्हारी इस हालत का जिम्मेदार यह डॉक्टर है ?

रोगी : जी, इसकी वजह से मुझे लकवा मार गया है।

अजदक : यह तो पेशे में लापरवाही बरतना हुआ।

रोगी : लापरवाही से भी ज्यादा। मैंने इसे पढ़ाई पूरी करने के लिए रुपया दिया, इसने अब तक कानी कौड़ी भी नहीं लौटाई। और जब मैंने सुना कि ये एक मरीज का इलाज मुफ्त कर रहा है—तो सुनते ही मुझे लकवा मार गया !

अजदक : बिल्कुल ठीक मार गया।

(लँगड़े से)

हाँ, तुम...तुम्हें क्या काम है यहाँ ?

लँगड़ा : मैं ही वह मरीज हूँ सरकार !

अजदक : इसने ही तुम्हारी टाँग का इलाज किया था ?

लँगड़ा : सही टाँग का नहीं। गठिया मेरी बाईं टाँग में था, इसने सीधी टाँग की चीर-फाड़ कर दी ! मैं लँगड़ा हो गया सरकार !

अजदक : और यह सब मुफ्त हुआ ?

रोगी : पाँच सौ पियास्तर जिसके मिलते, वह ऑपरेशन इसने मुफ्त कर दिया। बिल्कुल मुफ्त...छूँछी दुआ के नाम पर ! और

मैंने इस आदमी को पढ़ाई के लिए रुपया दिया।

(डॉक्टर से) क्या तुम्हें ऑपरेशन करने की तालीम मुफ्त मिल गई थी ?

डॉक्टर : *(अजदक से)* सरकार, कायदा तो यही है कि ऑपरेशन से पहले फीस धरवा ली जाए। मरीज ऑपरेशन से पहले पैसा देने को जितना तैयार होता है, बाद में उतना नहीं, यह एक निहायत कुदरती बात है। इस मामले में, ऑपरेशन शुरू करने से पहले मैं निश्चिंत था कि मेरे नौकर ने फीस ले ली होगी और यहीं मैं गलती कर गया।

रोगी : गलती कर गया ! अच्छा डॉक्टर कभी गलती नहीं करता। वह पूरी जाँच-परख के बाद ऑपरेशन करता है।

अजदक : सही बात है !

(शौवा से)

सरकारी वकील साहब...दूसरा मामला क्या है ?

शौवा : *(झाड़ू लगाने में व्यस्त)* चार सौ बीसी।

गुण्डा : सच्चे दरबार के मालिक ! मैं बेकसूर हूँ ! मैं जमींदार से सिर्फ यह मालूम करना चाहता था कि क्या वाकई उसने अपनी भतीजी के साथ बलात्कार किया है ! उसने कृपा करके मुझे बता दिया कि मामला यह नहीं था—और उसने कुछ रुपए दे दिए ताकि मैं अपने चचा को संगीत सीखने के लिए खर्चा दे सकूँ।

अजदक : वाह वा !

(डॉक्टर से)

क्या तुम जुर्म से बरी होने के लिए कोई बात अपने बचाव में पेश नहीं कर सकते ?

डॉक्टर : सिर्फ यह कि गलती इंसान से ही होती है !

अजदक : क्या तुम जानते हो कि अच्छा डॉक्टर पैसे के मामले में अपनी जिम्मेदारी को बखूबी समझता है ? मैंने एक बार सुना था कि एक डॉक्टर ने मोच खाई उँगली के एक हजार पियास्तर वसूल किए थे। उसने एक खोज की थी कि मोच का कुछ-न-कुछ सम्बन्ध खून के दौरे से होता है—कोई छोटा-सा डॉक्टर होता तो यही बात नजरअन्दाज कर जाता। एक और मौके पर उसी डॉक्टर ने निहायत घटिया-से पित्ते की खराबी में टकसाल ढूँढ़ ली। तुम्हारे पास बचत की कोई दलील नहीं है डॉक्टर ! वह अनाज का

व्यापारी उक्सू है न, उसने अपने लड़के को डॉक्टरी सिर्फ इस खयाल से पढ़ाई कि वह बनियागिरी के कुछ हथकंडे सीख जाए ! अपने डॉक्टरी स्कूल इतने बढ़िया हैं ! *(गुंडे से)* उस जमींदार का नाम क्या है ?

शौवा : ये उसे जाहिर नहीं करना चाहता।

अजदक : ऐसी हालत में मैं फैसला देता हूँ ! अदालत की निगाह में चार सौ बीसी साबित हुई ! और तुम पर *(मरीज से)* एक हजार पियास्तर जर्माना किया जाता है। अगर तुम्हें दुबारा लकवा लगा तो डॉक्टर तुम्हारा इलाज मुफ्त करेगा...और जरूरत पड़ी तो टाँग भी काटेगा।

(लँगड़े से) मुआवजे के रूप में तुम्हें मालिश के तेल की एक बोतल मिलेगी।

(गुंडे से) तुम्हें सजा दी जाती है कि जमींदार से मिले रुपयों में से आधी रकम सरकारी वकील के हवाले करो...ताकि जमींदार का नाम छिपा रहे। साथ ही अदालत की राय है कि तुम डॉक्टरी पढ़ो। इस पेशे के लिए तुम खासे लायक लगते हो। और डॉक्टर ? तुम्हें रिहा किया जाता है—माफ न की जा सकनेवाली पेशेवर गलती की वजह से। अगले मुकदमे !

गायक : ऐसे मौजी न्यायाधीशों से होशियार !
सच्चाई इनके लिए एक काली बिल्ली है
अधरात हुए बेखिड़की वाले
कमरे में जो हुई बन्द;
और न्याय अंध चमगादड़ है !
इन दोनों से परे
होगा कोई तीसरा ही
जो न्याय हमें दे सकता है
ये...ये...ये अजदक
केवल गा-गाकर दिखलाने को ऐसा करता है !

(अजदक सड़क के किनारेवाली सराय में दाखिल होता है, पीछे वही बुड्ढा दाढ़ीवाला सरायमालिक है। सरायवाले की बहू है, जज की कुर्सी को उठाए हुए कुछ नौकर हैं और शौवा है। एक हथियारबन्द झंडा पकड़े अपनी जगह पर खड़ा हो जाता है।)

अजदक : यहाँ रखो। यहाँ जरा साँस तो आएगी...नीबू के बाग से

बड़ी बढ़िया हवा आ रही है। इंसाफ के लिए अच्छा है कि उसे खुले में किया जाए। हवा इसके घाघरे को ऊपर उड़ाती है तो दिखाई पड़ जाता है कि नीचे क्या है ! शौवा ! हमने खाना बहुत खा लिया है। मुआइने के लिए चक्कर लगाने में बड़ी थकन होती है।

(सरायवाले से)

हाँ, तो मामला तुम्हारी बहू का है ?

सरायवाला : सरकार घर की इज्जत का है ! मैं अपने बेटे की तरफ से मामला पेश करना चाहता हूँ, क्योंकि वह पहाड़ों के पार व्यापार के लिए गया हुआ है। सरकार यह है वह साईस, जिसने जुर्म किया है...और यह है मेरी बदकिस्मत बहू ! *(बहू आती है, घूँघट डाले हुए देखने में ही आवारा और बनी-ठनी।)*

अजदक : *(बैठकर)* मैं लेता हूँ !

(आह भरकर सरायवाला कुछ पैसे अजदक को देता है।)

ठीक ! अब बयानों और दर-बयानों का चक्कर छोड़ा जाता है। यह मामला बलात्कार का है ?

सरायवाला : सरकार ! इस बदमाश ने मेरी बहू लुडविका को घास के ढेर पर गिरा लिया था...इसने गिराया ही था कि मैं पहुँच गया...।

अजदक : बिल्कुल ठीक। अस्तबल...खूबसूरत घोड़े। मुझे चितकबरी घोड़ी खासतौर से पसन्द है !

सरायवाला : पहला काम जो मैंने किया वह यह कि लुडविका को बहुत फटकारा, अपने बेटे की तरफ से।

अजदक : मैंने कहा न कि मुझे चितकबरी घोड़ी बहुत पसन्द है !

सरायवाला : *(ठंडेपन से)* वाकई ? लुडविका ने मंजूर किया कि साईस ने उसे उसकी मर्जी के खिलाफ पकड़ लिया था।

अजदक : अपना घूँघट हटाओ लुडविका !

(वह हटा लेती है।)

लुडविका ! अदालत को तुम अच्छी लग रही हो। हाँ तो बताओ—वह सब कैसे हुआ।

लुडविका : *(जैसे उसने पूरा अभ्यास किया हो)* जब मैं अस्तबल में नए बछेड़े को देखने गई तो साईस अपने-आप मुझसे बोला, 'बड़ी गर्मी है' और इसने मेरी बाईं छाती पकड़ ली। मैं

बोली, 'यह मत करो' पर यह मेरे साथ बदतमीजी करता रहा, इस पर मुझे गुस्सा आया। जब तक मैं इसके पापी इरादों को समझती, तब तक यह मुझ पर हावी हो गया था। ससुर के भीतर पहुँचने से पहले ही सब कुछ हो चुका था, और इनका पैर अनजाने में मेरे ऊपर पड़ गया था।

सरायवाला : *(सफाई देते हुए)* अपने बेटे की तरफ से...।

अजदक : *(साईस से)* तुम मंजूर करते हो कि शुरुआत तुम्हीं ने की ?

साईस : हाँ।

अजदक : लुडविका ! तुम्हें मीठी चीजें पसन्द हैं ?

लुडविका : हाँ।

अजदक : और देर तक टब में बैठकर नहाना ?

लुडविका : आधा-पौना घंटा !

अजदक : सरकारी वकील ! जरा अपना छुरा जमीन पर डाल दो। *(शौवा डाल देता है।)* लुडविका, छुरा उठा लाओ !

(लुडविका कूल्हे मटकाती हुई जाती है और छुरा उठा लेती है।)

अजदक : *(लुडविका की तरफ इशारा करके)* देख रहे हो ! कैसे हिल रहे हैं ये ! बलात्कार सिद्ध हो गया ! खूब खाना, खासतौर से मीठी चीजें, और देर-देर तक गुनगुने पानी में पड़े रहना--इससे जो सुस्ती आती है और चमड़ी का जो चिकनापन बढ़ता है, उसी से तुमने इस गरीब के साथ बलात्कार किया है। तुम समझती हो कि यों कूल्हे मटका-मटकाकर दिखाने से अदालत तुम्हें छोड़ देगी—यह मामला एक खतरनाक हथियार से जानबूझकर हमला करने का है। तुम्हें सजा दी जाती है कि वह चितकबरी घोड़ी तुम अदालत के हवाले करो, जिस पर तुम्हारा ससुर बेटे की तरफ से चढ़ना पसन्द करता है। और लुडविका, तुम मेरे साथ अस्तबल में चलो ताकि अदालत उस जगह का मुआइना कर सके, जहाँ जुर्म किया गया था !

(ग्रूसीनिया की मुख्य सड़क पर स्थित तमाम जगहों पर अजदक को ले जाया जाता है। वह बराबर कुर्सी पर बैठा रहता है। हथियारबन्द कुर्सी उठाए-उठाए चलते रहते हैं। उसके पीछे शौवा है, जो फाँसी के तख्ते घसीटते हुए चलता जाता है। साईस चितकबरी घोड़ी लिए सबसे पीछे-पीछे चल रहा है।)

गायक : अब छोटों को,
मातहतों को–
संकेतों पर चलने
ऊपर का हुक्म बजाने की इल्लत से छुट्टी थी
सन्तुलन गोकि उसका बिगड़ चुका था–
लेकिन,
फिर भी सड़कों पर यही सुनाई पड़ता था–
'अजदक अच्छा ! हमको पसन्द !
उसका पैमाना,
नाप-जोख का तौर-तरीका बढ़िया है !'
उसने राजा को रंक कर दिया
क्षण भर में !
कानूनहीन अपने निर्णय पर
जड़ी मुहर मनमानी की !
लेकिन जिनकी दुम दबी हुई थी
या जो गए सताए थे,
वे चिल्लाते यही घूमते रहते थे–
'जय हो अजदक की ! जय-जय हो !
जज अजदक हम सबकी आँखों का तारा है।'
(सब लोग धीरे-धीरे हटते जाते हैं।)
पड़ोसी को प्यार करना हो तो कुल्हाड़ी दिखाओ,
ईंट मारो !
क्योंकि निवेदन और उपदेश बेदम हो गए हैं–
तर्कहीन शब्द मात्र रह गए हैं !
उपदेशबाजी के सारे चमत्कार,
पूरे कर सकती है एक तेज तलवार की धार !
इसीलिए अजदक–
तथ्य में बदलता रहता है
सारे चमत्कार !

(एक सराय में अजदक की कुर्सी लगी हुई है। तीन देहाती सामने खड़े हैं। शौवा अजदक के लिए शराब लाता है। एक कोने में बुढ़िया देहातिन खड़ी है। दरवाजे में तथा बाहर कुछ गाँववाले व तमाशाई खड़े हैं। एक हथियारबन्द पहरेदार झंडा लिए खड़ा है।)

अजदक : सरकारी वकील कार्रवाई शुरू करें।

शौवा : मामला एक गाय का है। इस बुढ़िया के बाड़े में एक गाय पाँच हफ्तों से बँधी हुई है। वह गाय सुरू किसान की है। इस औरत के घर में चोरी का सुअर का सूखा गोश्त भी मिलता है। शुतोफ किसान ने जब इससे खेत का किराया माँगा, तो कुछ दिनों बाद ही इसने उसकी कई गायों को काटकर मार डाला।

कई देहाती : सुअर का गोश्त मेरा था सरकार ! मेरी गाय का मामला है सरकार, वह खेत मेरा है सरकार !

अजदक : हाँ, बूढ़ी माँ ! इस सबके बारे में तुम्हें क्या कहना है ?

बुढ़िया : पाँच हफ्ते पहले की बात है माई-बाप ! अलस्सुबह थी; किसी ने मेरा दरवाजा खटखटाया। बाहर एक दाढ़ीवाला आदमी गाय लिए खड़ा था, वह बोला, 'ऐ बुढ़िया, मैं चमत्कारी सन्त बन्दीतुस हूँ। तेरा बेटा लड़ाई में मारा गया है, इसलिए यह गाय निशानी के रूप में तुझे देता हूँ। इसे अच्छी तरह रखना !'

कई देहाती : वह इराकली डाकू है सरकार ! वह इसका बहनोई है सरकार ! मवेशी-चोर, लुटेरा...उसका सर कलम कर देना चाहिए सरकार !

(बाहर एक औरत जोर से चिल्ला पड़ती है। भीड़ घबराकर पीछे हटती है। लुटेरा इराकली प्रवेश करता है। वह एक बड़ा कुल्हाड़ा लिए हुए है।)

कई देहाती : इराकली !

(सलीब का निशान बनाते हैं।)

लुटेरा : प्यारे दोस्तो सलाम !...एक गिलास शराब !

अजदक : सरकारी वकील ! मेहमान के लिए एक सुराही शराब ! आपकी तारीफ ?

लुटेरा : मैं रमता जोगी हूँ। आपकी इस कृपा के लिए आभारी हूँ।

(शौवा, जो शराब का गिलास लाया है, उसे वह एक साँस में खाली कर देता है।)

एक गिलास और !

अजदक : मैं अजदक हूँ।

(उठकर लुटेरे के सामने झुकता है। लुटेरा भी झुककर सम्मान को स्वीकार करता है।)

अदालत अजनबी साधु का स्वागत करती है। हाँ बूढ़ी माँ, अपनी कहानी चालू रखो !

बुढ़िया : तो सरकार ! पहली रात तो मुझे पता नहीं था कि सन्त बन्दीतुस चमत्कार भी करते हैं। तब तो सिर्फ गाय थी। पर कुछ दिनों बाद एक रात किसान के नौकर गाय लेने आए। पर वे खुद ही घूमकर, दरवाजे की तरफ पीठ करके खड़े हो गए और फिर बिना गाय लिए चले गए। उनकी खोपड़ियों पर मुट्ठी-मुट्ठी बराबर गुमड़े पड़ गए। बस, तभी मैं समझ गई की सन्त बन्दीतुस ने उनके दिलों को फेर दिया है और उन्हें भला बना दिया है।

(लुटेरा जोर-जोर से कहकहा लगाता है।)

देहाती-1 : उनके दिल किसने बदल दिए, मैं जानता हूँ।

अजदक : बहुत खूब ! बाद में बताना। *(बुढ़िया से कि बोले)* हाँ...।

बुढ़िया : माई-बाप ! फिर शुतोफ किसान भी बदलकर भला आदमी बन गया--यह तो पूरा शैतान था, सबको मालूम है। सन्त बन्दीतुस ने इसका दिल ऐसा बदला माई-बाप, कि उसने किराया भी माफ कर दिया।

देहाती-2 : इसलिए सरकार कि मेरी गाएँ वहीं खेत में मार डाली गईं।

(लुटेरा हँसता है।)

बुढ़िया : *(अजदक का इशारा पाकर कि चालू रखे)* और फिर एक सुबह सुअर की रान का टुकड़ा मेरी खिड़की से उड़ता हुआ आया और सीधा आकर मेरी कमर पर गिरा। तब से मैं लँगड़ी हो गई। आप खुद देखें माई-बाप !

(कुछ कदम लँगड़ाकर चलती है। लुटेरा हँसता है।)

आप ही बताएँ माई-बाप ! कभी कहीं, किसी बुढ़िया को इस तरह गोश्त का टुकड़ा बिना चमत्कार के मिला है ?

(लुटेरा सिसकने लगता है।)

अजदक : *(कुर्सी से उठकर) बूढ़ी माँ ! यह सवाल अदालत के दिल पर सीधे चोट करता है। कृपा करके तुम यहाँ बैठो। (झिझकते हुए बुढ़िया कुर्सी पर बैठ जाती है। अजदक फर्श पर बैठता है। गिलास हाथ में है।)*

ओ माँ !

ओ बूढ़ी माँ ! मैंने तुम्हें धरती माँ ही माना है।
शोक-संतप्त दुख-कातर हो तुम,
जिसके बेटे चले गए हैं लड़ाई में कटने-मरने
जिसने चोट-पर-चोट सही, खून के घूँट-पर-घूँट पिए
लेकिन नहीं छोड़ा उम्मीदों का आँचल

आशावान बनी रही !
जिसके साथ की जाती है भलाई, तो रोती है
मार नहीं पड़ती है तो करती है आश्चर्य !
ओ री माँ !
हम पर तू दयापूर्ण न्याय कर, हम सब अपराधी हैं !
(चीखकर किसानों से)

नास्तिको ! मंजूर करो कि तुम्हें चमत्कारों पर विश्वास नहीं। हरेक पर पाँच-पाँच सौ पियास्तर जुर्माना किया जाता है...क्योंकि तुम अविश्वासी हो। निकल जाओ यहाँ से !

(देहाती बाहर चले जाते हैं।)

बूढ़ी माँ, तुम, और तुम *(लुटेरे से)* साधु भाई—आओ, सरकारी वकील और अजदक के साथ जाम भर-भरकर शराब पियो !

गायक-गायकवृन्दों के साथ :

भूखों को भोजन देने को
उसने रोटी के टुकड़ों-सा कानून तोड़ डाला
क्षण में !
फाँसी का फन्दा साथ लिए,
सर पर अपने
इंसाफी कुर्सी पर बैठा, बस इसी तरह वह
दो साल तलक !
लोगों के दुख-दर्दों की मरहम-पट्टी करता चला गया—
झूठे पैमानों से सच्चाई नापी जाती रही वहाँ !
अजदक की जय हो ! अजदक ने सचमुच न्याय किया !
अजदक ने सचमुच न्याय किया !
दो गर्मी बीतीं
दो जाड़े भी बीत गए
निर्धन का हुआ फैसला निर्धन के द्वारा !
इंसाफी के टूटे जहाज पर लाद-लाद
वह सबको तट पर ले आया धीरे-धीरे
इसलिए कि भाषा उसे भीड़ की आती थी
वह वही बोलता था जो भीड़ समझती थी
वह जोर-जोर से चिल्ला-चिल्लाकर कहता था—
मैं कंगालों से घूस-वसूली करता हूँ !
मैं लेता हूँ !

मैं अजदक हूँ !

गायक : युग अव्यवस्था का बीत गया
जब बड़े ड्यूक वापस आए, तो लाट गवर्नर की
बीवी भी लौटी
फिर लगी अदालत एक बार
फिर रक्त बहा, कुछ मरे-कटे
कुछ घर लपटों में धू-धू जले
राख का ढेर हुए !
भय समा गया तब अजदक के भी तन में मन में !

अजदक : शौवा ! तुम्हारी गुलामी के दिन अब गिने-चुने हैं...दिन ही नहीं, शायद मिनट भी ! बहुत दिनों मैंने तुम्हें बुद्धि और विवेक की इस्पाती लगामें लगाकर रखा...जिनसे तुम्हारा मुँह लहूलुहान हो गया। विचार भरी बहसों के कोड़े तुम पर बरसाए और तर्कों से तुम्हारे साथ बदसलूकी की। तुम कुदरती तौर से एक कमजोर आदमी हो। अगर कोई चालाकी से दलीलों का फन्दा तुम्हारे ऊपर फेंक देता है तो तुम्हें उसे काट फेंकना चाहिए...तुम उसका विरोध या सामना नहीं कर सकते। अपने से ऊँचे आदमी के जूते चाटने के लिए तुम आदत से मजबूर हो। पर ऊँचे आदमी भी तरह-तरह के होते हैं। और अब तुम्हारी आजादी आ रही है...तुम अपनी चाहों और इच्छाओं के मुताबिक चल सकोगे...वे चाहें और इच्छाएँ, जो बहुत छिछली और छिछोरी हैं। तुम अपनी उसी अचूक समझ-बूझ के सहारे चलोगे—जो तुम्हें बताती है कि जूते मार-मारकर लोगों के चेहरे टेढ़े और बदशकल कर दो। वह उलझनों और हलचलों का युग अब बीत गया है—पर वह महान युग अभी तक नहीं आया है, जिसका जिक्र 'अकुलाहटभरा गीत' में हुआ है ! आओ उन शानदार दिनों के लिए हम वह गीत साथ-साथ गाएँ। बैठ जाओ, पर जरा देखो, बेसुरा मत गाना। डरो मत। बहुत बढ़िया गीत है, इसकी टेक की कड़ी बहुत आसान है।

(गाता है।)

बहन, अपना चेहरा छिपा लो तुम
लो भाई, सँभालो अपनी कटार, समय उथल-पुथल का है
उच्च वर्ग के मन में हैं शिकायतें और सिर्फ शिकायतें !

और साधारण लोग खुशी से झूम उठते हैं।
शहर चिल्ला रहा है :
आओ,
हम इन शक्तिमानों को अपने बीच से खदेड़ दें !
सरकारी इमारतों में मचा दें तूफान
मुक्त कर दें जानवरों की तरह जीनेवाले
दासों को !
पत्थरों पर रगड़ दें मालिकों की नाकें !
वे जिन्होंने रोशनी का नाम तक न जाना
आज खुद सूर्य बनकर उग रहे हैं !
त्याग-पाखंड के आबनूसी बक्से
तोड़-फोड़ दिए गए हैं।
और चन्दन की लकड़ी से पलंग बनाए जाते हैं
जो एक रोटी को तरसते थे,
उनके पास अनाज की खत्तियाँ भरी हैं !
जो आज तक दूसरों की दया के दानों पर
चलते थे
वे आज खुद,
दोनों हाथों—
दूसरों को,
दया बाँट रहे हैं !

शौवा : हो...हो...हो...हो...हो...!

अजदक : सेनापति, कहाँ हो तुम ?
कृपाकर व्यवस्था तो कायम करो,
यहाँ तो बड़े-बड़ों के वारिस तक नहीं पहचाने जाते !
मालकिन का लड़का, दासी का बेटा बन जाता है
तहखानों में शरण ले रहे हैं पार्षद !
और जिनको,
मुँडेरों तक पर सोने नहीं दिया जाता था
बिस्तरों पर लौट रहे हैं, मौजें उड़ाते हैं
कल तक जो,
नाव खींच-खींच कर खुद चलाता था,
वह आज जहाजों का मालिक है !
मालिक की नजर उठे-उठे उन पर जब तक,
तब तक वे मालिक के रह ही नहीं जाते

मालिक अपने पाँच दासों से कहता है—
बाहर जाओ।
मिलता है जवाब उसे—तुम खुद चले जाओ।
हम तो अब आ पहुँचे हैं !

शौवा : हो ! हो ! हो ! हो हो हो...।

अजदक : सेनापति, कहाँ हो तुम, कृपाकर व्यवस्था तो कायम करो ! हाँ, यही हुआ होता अगर बदअमनी कुछ दिनों और रही होती, पर अब तो बड़ा ड्यूक राजधानी में वापिस आ गया है—जिसकी जिन्दगी मैंने अपने गधेपन में बचाई थी। ईरानियों ने उसे फौज भी दी है कि वह व्यवस्था कायम करे। शहर के बाहरी हिस्से जल भी रहे हैं। जाओ, वह बड़ी किताब उठाकर लाओ, जिस पर मैं बैठना पसन्द करता हूँ।

(शौवा कुर्सी से बड़ी किताब उठा लाता है। अजदक उसे खोलता है।)

यह देश के कानूनों की किताब है। तुम इस बात की गवाही दे सकते हो कि मैंने हमेशा इसे इस्तेमाल किया है।

शौवा : हाँ, बैठने के लिए।

अजदक : अब जरा इसमें यह तो देख लूँ कि वे कानूनन मेरे साथ क्या कर सकते हैं, क्योंकि मैंने गरीबों को अपराधी होने के बावजूद हमेशा छोड़ा है, मुझे इसकी महँगी कीमत चुकानी पड़ेगी। मैंने गरीबों को उनकी काँपती कमजोर टाँगों पर खड़े होने में मदद दी...इसलिए वे मुझे नशे में धुत्त रहने के जुर्म में फाँसी चढ़ा देंगे। मैंने अमीरों की जेबों में झाँककर देखा, जो कि बदतमीजी की बात मानी जाती है। और मैं कहीं छुप भी नहीं सकता। इसलिए कि पूरी दुनिया मुझे जानती है, क्योंकि मैंने दुनिया की मदद की है।

शौवा : कोई आ रहा है !

अजदक : *(घबराकर काँपता हुआ कुर्सी की तरफ बढ़ता है।)*
अब खेल खत्म ! पर मैं किसी आदमी को मनुष्य की महानता देख सकने का खूबसूरत मौका नहीं दूँगा। मैं घुटनों पर गिरकर गिड़गिड़ाकर दया की भीख मागूँगा।... लार ठोढ़ी पर से बहती हुई गिर रही होगी। अब मौत का भय मुझ पर छा गया है।

(गवर्नर की बीवी नताला आबाशविली प्रवेश करती है। सैनिक-सहायक और एक हथियारबन्द पीछे-पीछे हैं।)

गवर्नर की बीवी : शाल्वा ! यह किस तरह का आदमी है ?

अजदक : हुक्म का गुलाम ! एक ऐसा आदमी, जो हर तरह की सेवा के लिए तैयार है।

सैनिक-सहायक : स्वर्गीय गवर्नर साहब की बीवी नताला आबाशविली अभी-अभी लौटी हैं और अपने तीन वर्षीय बेटे माइकेल की तलाश में हैं। इन्हें खबर मिली है कि एक पुरानी नौकरानी बच्चे को उड़ाकर पहाड़ों में ले गई है।

अजदक : उसे वापस लाया जाएगा सरकार ! हम आपकी सेवा में हाजिर हैं।

सैनिक-सहायक : सुना गया है कि वह नौकरानी उसे अपना बच्चा बताती फिर रही है।

अजदक : उसका सर कलम कर दिया जाएगा, सरकार ! हम आपकी सेवा में हाजिर हैं।

सैनिक-सहायक : बस, इतनी ही बात थी।

गवर्नर की बीवी : *(जाते हुए)* मुझे यह आदमी बेहूदा लगता है।

अजदक : *(जो उन्हें दरवाजे तक छोड़ने आता है, झुककर)* कुछ भी उठा नहीं रखा जाएगा सरकार ! हम आपकी सेवा में हाजिर हैं।

6

खड़िया का घेरा

गायक : सुनाता हूँ कहानी
उस मुकदमे की कि जिसमें
यह लगाना था पता कि आखिर कौन है असली माँ,
बच्चे माइकेल की !
कि जिसमें गया खींचा—
खड़िया का एक गोल घेरा !
सुनाता हूँ कहानी उस मुकदमे की।

(नूखा में अदालत का कमरा। हथियारबन्द माइकेल को लेकर आते हैं और मंच पार करते हुए पीछे की तरफ से प्रस्थान करते हैं। एक हथियारबन्द ग्रूशा को दरवाजे के पास रोके रहता है, जब माइकेल मंच से चला जाता है तब उसे आने देता है। उसके साथ गवर्नर की बावर्चिन है। दूर से शोर आता है। आकाश आग की तरह लाल है।)

ग्रूशा : वह बहुत समझदार है। वह अब खुद साफ रह सकता है।

बावर्चिन : तुम खुशनसीब हो। ये असली जज नहीं है, ये तो अजदक है। पक्का शराबी और कूढ़मगज ! बड़े-से-बड़े चोर इसने रिहा किए हैं, क्योंकि ये सब बातें मिला-जुलाकर घोटाला कर देता है। पैसेवाले लोग इसे घूस में बड़ी रकम कभी नहीं देते। इसलिए अपने जैसे लोग कभी-कभी आसानी से छूट जाते हैं।

ग्रूशा : आज भाग्य जरा साथ दे दे, इतना ही चाहिए।

बावर्चिन : बात न लग जाए कहीं *(क्रास बनाती है।)* तब तक जल्दी से मैं एक दुआ और माँग लूँ—परमात्मा करे, जज नशे में हो !

(उसके होंठ दुआ के लिए बुदबुदाते हैं। ग्रूशा इधर-

उधर निराश-सी बच्चे के लिए देखती है।)

बावर्चिन : एक बात मेरी समझ में नहीं आती—इतनी मुसीबतों के बावजूद तुम बच्चे को क्यों नहीं छोड़ना चाहतीं...वह तुम्हारा भी नहीं है, और उधर से जमाना यह लगा हुआ है !

ग्रूशा : वह मेरा है ! मैंने उसे पाला है।

बावर्चिन : लेकिन तुमने यह कभी नहीं सोचा कि वह वापस आएगी, तब क्या होगा ?

ग्रूशा : शुरू-शुरू में सोचा था कि वापस दे दूँगी, फिर लगा कि वह वापस नहीं आएगी।

बावर्चिन : अरे मँगनी के कम्बल से कहीं सर्दी जाती है ?

(ग्रूशा सिर हिलाती है।)

पर तुम इतनी अच्छी हो कि तुम्हारे लिए मैं कोई भी बात कसम खाकर कह दूँगी। *(ऊँचे स्वर में याद करती है।)* बच्चे को मैंने रखा था, जिसके लिए मुझे पियास्तर दिए गए, फिर जब बलवा शुरू हुआ—बृहस्पति की शाम को, तब ग्रूशा उसे लेने आई थी।

(वह साइमन शशावा को देखती है--जो पास आ रहा है।)

पर साइमन के साथ तुमने बड़ी ज्यादती की। मैंने बात की थी, पर उसकी समझ में कुछ नहीं आता।

ग्रूशा : *(साइमन की उपस्थिति का आभास नहीं है।)* अगर वह कुछ नहीं समझता तो न समझे ! उसे लेकर मैं इस वक्त परेशान नहीं होना चाहती।

बावर्चिन : यह तो वह भी जान गया है कि बच्चा तुम्हारा नहीं है, पर तुमने शादी कर ली है और जिन्दगी-भर के लिए बँध गई हो—तुम्हारी यह बात उसकी समझ में नहीं आती !

(ग्रूशा साइमन को देखकर अभिवादन करती है।)

साइमन : मैं किसी से सिर्फ यह कहना चाहता था कि मैं कसम खाने को तैयार हूँ, कि मैं इस बच्चे का बाप हूँ।

ग्रूशा : *(धीरे से)* ठीक है साइमन।

साइमन : साथ ही यह भी कह दूँ कि इस काम से न मैं कहीं बँध जाता हूँ, और न तुम।

बावर्चिन : यह बात ही बेकार है ! ये शादीशुदा है, तुम भी जानते हो।

साइमन : यह इसका मामला है, बार-बार खोदने से फायदा !

(दो हथियारबन्द प्रवेश करते हैं।)

दोनों हथियारबन्द : जज कहाँ है ? किसी को पता है ?

ग्रूशा : *(जिसने पलटकर अपना मुँह छिपा लिया है।)* मेरे सामने खड़ी हो जाओ। मुझे नूखा आना ही नहीं चाहिए था, अगर कहीं वह हथियारबन्द सामने पड़ गया, जिसका सिर तोड़ दिया था तो...।

(वह हथियारबन्द, जो बच्चे को लाया था, आगे बढ़ता है।)

दोनों हथियारबन्द : जज यहाँ नहीं है।

(दोनों हथियारबन्द जज को ढूँढ़ते हैं।)

बावर्चिन : कहीं उसे कुछ हो न गया हो ! और कोई जज हुआ तो सब चौपट हो जाएगा।

(एक और हथियारबन्द प्रवेश करता है।)

हथियारबन्द : *(जिसने जज के लिए पूछा था, दूसरे हथियारबन्द से।)* वहाँ तो सिर्फ दो बूढ़े और एक बच्चा है। जज तो रफूचक्कर हो गया !

दूसरा हथियारबन्द : उसे तलाश करो !

(पहलेवाले दोनों हथियारबन्द जल्दी से प्रस्थान करते हैं। तीसरा रह जाता है। ग्रूशा की चीख निकल जाती है। हथियारबन्द पलटकर देखता है। यह वही सैनकि-अधिकारी है, जिसे ग्रूशा ने मारा था—उसके पूरे चेहरे पर घाव का एक निशान है।)

हथियारबन्द : *(जो वहीं दरवाजे पर खड़ा है।)* क्या बात है शोटा ? तुम जानते हो इसे ?

सैनिक-अधिकारी : *(गहरी नजरों में देखकर)* नहीं !

हथियारबन्द : यह वही है जिस पर आबाशविली के लड़के को चुराने का इल्जाम है। अगर तुम्हें इस बारे में कुछ मालूम हो शोटा, तो जेबें भर सकती हैं। *(सैनिक-अधिकारी बड़बड़ाता हुआ चला जाता है।)*

बावर्चिन : क्या यह वही था ?

(ग्रूशा सिर हिलाती है।)

लगता है वह मुँह बन्द ही रखेगा, नहीं तो उसे मंजूर करना पड़ेगा कि वह भी बच्चे का पीछा कर रहा था।

ग्रूशा : *(कुछ निश्चिन्त होकर)* मैं तो यह भूल ही गई कि बच्चे को कभी मैंने इनसे बचाया था...।

(गवर्नर की बीवी प्रवेश करती है। साथ में सैनिक-सहायक और दो वकील हैं।)

गवर्नर की बीवी : भला हो ईश्वर का ! यहाँ तो उन आम लोगों से पिंड छूटा ! मुझसे उनकी बू बर्दाश्त नहीं होती, फौरन सिरदर्द होने लगता है।

पहला वकील : देखिए, जब तक यह जज बदल नहीं जाता, तब तक आप जो भी बोलें--उसके बारे में जरा सतर्क रहिए।

गवर्नर की बीवी : पर मैंने ऐसा क्या कहा, इल्लू शबोलादूजे ! मैं जनता को प्यार करती हूँ--ये सीधे-सादे लोग ! सिर्फ इनकी बू से मुझे सिरदर्द होने लगता है !

दूसरा वकील : देखनेवाले भी बहुत नहीं होंगे। लोग अपने किवाड़ लगाए घरों में दुबके बैठे हैं...शहर के बाहरी हिस्सों में मारकाट चल रही है न, उसी के डर से !

गवर्नर की बीवी : *(ग्रूशा को देखकर)* क्या यही वह डायन है ?

पहला वकील : मैं अनुरोध करता हूँ नताला आबाशविली, कि आप इस तरह की कोई सख्त बात मुँह से न निकालें...तब तक, जब तक यह पूरी तरह तय नहीं हो जाता कि बड़े ड्यूक ने नए जज की नियुक्ति कर दी है...और हमारा पिंड इस जज से छूट गया है। इतना टुच्चा जज मैंने तो आज तक देखा नहीं। पर सब कुछ ठीक होने जा ही रहा है; अब देर नहीं है !

(हथियारबन्द कक्ष में आते हैं।)

बावर्चिन : अरे ये बीवी जी तो तेरे सर के बाल नोच लेतीं अगर इन्हें अजदक का डर न होता। अजदक तो गरीबों की सुनता है...शकल देखी नहीं कि फैसला दिया...!

(दो हथियारबन्द रस्सी का फन्दा बाँधना शुरू करते हैं। जंजीरों में जकड़े अजदक को लाया जाता है। उसके पीछे जंजीरों में बँधा शौवा है। तीनों देहाती अन्त में हैं।)

हथियारबन्द-1 : भागना चाहता था ! ऐं !

(अजदक को मारता है।)

एक देहाती : ये जज का लबादा उतार लो, तब इसे लटकाएँगे !

(हथियारबन्द और देहाती मिलकर अजदक का लबादा नोच डालते हैं। उसका फटा जाँघिया दिखाई देने लगता है, फिर कोई उसके ठोकरें मारता है।)

हथियारबन्द : *(उसे दूसरे पर धकेलते हुए)* किसी को इंसाफ का बंडल चाहिए ? यह रहा !

('ये तुम्हीं लो !' और 'नहीं तुम्हीं लो !' की आवाजों और शोर के बीच वे अजदक को इधर-उधर धकेलते-फेंकते हैं—जब तक कि वह बेहोश नहीं हो जाता। फिर उसे उठाकर फन्दे के पास लाते हैं।)

गवर्नर की बीवी : *(जो कि अजदक को गेंद की तरह फेंका जाता हुआ देखकर जोश से तालियाँ पीट रही थी)* मुझे तो उसी वक्त इससे चिढ़ हो गई थी, जब मैंने इसे पहले-पहल देखा था !

अजदक : *(खून से लथपथ, साँसें भरता हुआ)* मैं भी देख नहीं सकता ! एक चिथड़ा दे दो !

हथियारबन्द : क्या है, जिसे देखोगे ?

अजदक : तुम्हें ! तुम कुत्तों को !

(वह फटी कमीज से आँखों पर आ गया खून पोंछता है।)

कुत्तो ! सलाम ! क्या हाल है कुत्तो ! कुत्तों की दुनिया का क्या हाल है ? वहाँ की सड़ाँध खुशबू दे रही है ? क्या तुम्हें दूसरा जूता चाटने के लिए मिल गया है ? क्या फिर एक-दूसरे की गर्दनें तुम लोगों ने नापनी शुरू कर दी हैं, कुत्तो !

(धूल से अँटा एक घुड़सवार प्रवेश करता है। साथ में एक सैनिक-अधिकारी है। चमड़े के बैग से वह कुछ कागजात निकालता है और देखता है। घुड़सवार बीच में ही सारी कार्रवाई को जैसे रोक देता है।)

सवार : ठहरो ! मैं बड़े ड्यूक का एक फरमान लाया हूँ ! इसमें नई नियुक्तियों की सूचनाएँ हैं !

सैनिक-अधिकारी : सावधान !

(सब सीधे खड़े हो जाते हैं।)

सवार : नए जज के सम्बन्ध में कहा गया है—'हम एक ऐसे आदमी की नियुक्ति करते हैं और साथ ही उसे धन्यवाद देते हैं, जिसने देश के लिए एक अत्यन्त महत्त्वपूर्ण जीवन की रक्षा की है। वह आदमी नूखा का निवासी है और उसका नाम है—अजदक !' कौन है अजदक ?

शौवा : *(इशारा करके)* वह, जो फाँसी के फन्दे के नीचे खड़ा है।

सैनिक-अधिकारी : *(चीखकर)* यह सब यहाँ क्या हो रहा है ?

हथियारबन्द : मुझे इजाजत दी जाए कि मैं निवेदन कर सकूँ कि श्रीमानजी पहले से ही श्रीमानजी हैं। इन किसानों के इल्जाम लगाने पर ही इन्हें बड़े ड्यूक का दुश्मन घोषित कर दिया गया था।

सैनिक-अधिकारी : *(किसानों की तरफ इशारा करके)* इन्हें निकालोऽऽ यहाँ से !

(उन्हें खदेड़ा जाता है—वे झुक-झुककर दया की भीख माँगते चले जाते हैं।)

और इस बात का पूरा-पूरा खयाल रखा जाए कि श्रीमान के साथ अब कोई बदसलूकी या बदतमीजी न होने पाए !

(सवार और सैनिक-अधिकारी प्रस्थान करते हैं।)

बावर्चिन : *(शौवा से)* वह तालियाँ बजा रही थी। काश ! उसने देख लिया हो।

पहला वकील : यह गजब हो गया !

(अजदक बेहोश हो गया है। ठीक होने पर उसे फिर जज का लबादा पहनाया जाता है। वह हथियारबन्दों के पास से झूमता हुआ चलकर दूर हो जाता है।)

दोनों हथियारबन्द : इस सबको कुछ और मत समझिए। आप जो चाहें हमें हुक्म दीजिए।

अजदक : कुछ भी नहीं, साथी कुत्तो ! कभी-कभार चाटने को एक जूता बस !

(शौवा से)

मैं तुम्हें माफी देता हूँ।

(शौवा की जंजीरें खोली जाती हैं।)

लाल शराब लाओ। सबसे मीठीवाली।

(शौवा जाता है।)

निकलो यहाँ से। मुझे एक मुकदमे की सुनवाई करनी है !

(हथियारबन्द जाते हैं, शौवा सुराही भर शराब लाता है। अजदक बड़ी-बड़ी घूँटें भरता है।)

ये चूतड़ टिकाने के लिए कोई चीज लाओ !

(शौवा विधान-पुस्तक लाकर जज की कुर्सी पर रख देता है, अजदक उस पर बैठता है।)

मैं लेता हूँ।

(वकील, जो कि अभी तक परेशानी में फुसफुसा रहे थे, अब धीरे-धीरे बात करने लगते हैं और उनके चेहरों पर

इत्मीनान की मुस्कुराहट दिखाई देने लगती है।

बावर्चिन : ओफ्फो !

साइमन : मसल मशहूर है—ओस से कुआँ नहीं भरता !

दोनों वकील : *(अजदक की ओर बढ़ते हैं, अजदक घूस लेने के लिए खड़ा हो जाता है।)* बड़ा बेहूदा मुकदमा है श्रीमान ! मुलजिमा ने एक बच्चे को उड़ाया है और अब उसे सौंपने से इनकार करती है।

अजदक : *(हाथ फैलाकर और ग्रूशा पर नजर डालकर)* एक बहुत खूबसूरत चेहरा !

(और रुपया लेता है।)

मैं कार्रवाई शुरू करता हूँ और सिर्फ खालिस सच सुनना चाहता हूँ !

(ग्रूशा से)

खासतौर से तुमसे !

पहला वकील : श्रीमान ! खून...कहावत है कि पानी से गाढ़ा होता है। यह पुरानी कहावत...।

अजदक : अदालत वकील की फीस जानना चाहती है !

पहला वकील : *(आश्चर्य से)* मैं समझा नहीं कि...?

(अजदक अँगूठे और तर्जनी से पैसे बताने का इशारा करता है।)

ओह समझ गया ! श्रीमान ! अदालत के इस अजीब सवाल का जवाब है—पाँच सौ पियास्तर !

अजदक : सुना तुम सबने ! सवाल अजीब है ! यह मैं क्यों पूछता हूँ ? इसलिए कि अच्छे वकील की बात मैं जरा दूसरी तरह से सुनता हूँ।

पहला वकील : *(झुककर)* आपका बहुत-बहुत धन्यावाद ! श्रीमन् ! सब रिश्तों से बड़ा खून का रिश्ता होता है। माँ और बेटा—क्या इससे ज्यादा गहरा रिश्ता कोई और हो सकता है ? क्या कोई बेटे को माँ से अलग कर सकता है ? श्रीमन् ! प्यार की पवित्र भाव-तरंगों में यह इसकी कोख में आया ! इसे अपनी कोख में रखकर इसने अपने खून से सींचा...प्रसव की पीड़ा सही ! श्रीमन्...देखा गया है कि शेरनी भी, अगर उसका बच्चा उससे छीन लिया जाए तो, छटपटाती हुई जंगल-जंगल मारी-मारी फिरती है...सूखकर काँटा हो जाती है...कुदरत ने...।

अजदक : *(बीच में टोककर, ग्रूशा से)* जो कुछ इन्होंने अब तक कहा है, और जो ये आगे भी कहना चाहेंगे—उस सबके बारे में तुम्हारा क्या जवाब है ?

ग्रूशा : यह मेरा है !

अजदक : बस ! मैं उम्मीद करता हूँ कि तुम इस बात को साबित कर सकोगी। बहरहाल...तुम मुझे यह बताओ कि यह बच्चा तुम्हें क्यों दे दिया जाए ?

ग्रूशा : मैंने इसे पाला-पोसा है—'अपनी अक्ल और आत्मा से।' मैंने इसके खाने के लिए जो बन पड़ा जुटाया। ऐसा कम ही हुआ कि इसके लिए सर छुपाने को जगह न रही हो। हर तरह की मुसीबतें मैंने उठाईं...जो आधी-पूरी कौड़ी पास थी, वह खर्च की। मैंने कभी अपने आराम का खयाल नहीं किया। इसे इस तरह पाला कि ये सबसे प्यार करे, अपना काम अच्छी तरह और अपने-आप करे...पर अभी तो ये इतना नन्हा-सा है !

पहला वकील : श्रीमन् ! इसने बच्चे और अपने बीच खून के रिश्ते का जिक्र कत्तई नहीं किया है ! यह गौर करने की बात है।

अजदक : अदालत ने गौर किया !

पहला वकील : धन्यवाद श्रीमन्...अब इजाजत दीजिए कि एक औरत—जिसने बहुत कष्ट उठाए हैं, जो अपने पति को खोकर डर रही है कि कहीं उसका बेटा भी उससे न छिन जाए, अब आपके सामने चन्द बातें कह सके ! स्वर्गीय गवर्नर की पत्नी श्रीमती नताला आबाशविली...!

गवर्नर की बीवी : *(धीरे से)* मेरी खोटी किस्मत मुझे मजबूर कर रही है कि मैं आपसे अपने प्यारे बच्चे को लौटाने के लिए कहूँ। मैं कैसे बयान करूँ कि एक दुखी माँ की आत्मा कैसे कलपती है...कि उसके दिल पर क्या गुजरती है, कि रातें वह कैसे छटपटा-छटपटा कर काटती है, कि...।

दूसरा वकील : *(एकदम भभककर)* इस औरत के साथ जो बर्ताव किया जा रहा है वह खून खौला देने वाला है। इसे अपने पति के महल में घुसने तक की इजाजत नहीं है। सारी रिसायत की आमदनी पर पाबन्दी लगा दी गई है। इसे निहायत बेरहमी से बताया जाता है कि सारी आमदनी वारिस के हक में कर दी गई है। बच्चे के बगैर यह कुछ भी नहीं कर सकती ! अपने वकीलों को मेहनताना तक नहीं दे सकती।

(पहले वकील से, जो इस उफान से चिढ़ गया है और जो इसे मुँह बन्द करने का इशारा कर रहा है।)

क्यों इल्लो शुबोलाद्जे...क्यों न इस बात को साफ-साफ और अभी रख दिया जाए कि असल में मामला आबाशविली की जायदादों का है ?

पहला वकील : जरा सुनो सान्द्रो ओबोलाद्जे। हमने तय किया था...।

(अजदक से)

जी हाँ, यह सही है कि इस मुकदमे के साथ यह भी तय हो जाएगा कि श्रीमती आबाशविली को अपने पति की यह इतनी बड़ी रियासत बेच सकने का हक भी हासिल है। मैंने 'यह भी' का प्रयोग खास मतलब से किया है—क्योंकि सबसे पहले और हमारे सामने एक माँ की मानवीय विडम्बना है...जो कि नताला आबाशविली ने बड़े सही तरीके से अपने दर्द भरे बयान में पहले ही बता दी है। अगर माइकेल आबाशविली रियासत का वारिस नहीं भी होता तो भी वह अपनी माँ का बहुत प्यारा बेटा तो रहेगा ही !

अजदक : ठहरो ! जायदादों की बात अदालत को छू गई है। यह मानवीय भावनाओं का सबूत है !

दूसरा वकील : धन्यवाद श्रीमन् ! क्यों इल्लू शुबोलाद्जे ! हम यह तो साबित कर ही सकते हैं कि जिस औरत के पास बच्चा है वह बच्चे की माँ नहीं है। मैं अदालत के सामने कुछ सीधी-सच्ची बातें रखना चाहता हूँ। घटनाओं का दुर्भाग्यपूर्ण सिलसिला कुछ ऐसा चला कि जब नताला आबाशविली को भागना पड़ा तो यह बच्चा माइकेल आबाशविली—वहीं महल में छूट गया। बावर्चीखाने की नौकरानी ग्रूशा ईस्टरवाले इतवार को वहीं थी, और देखा गया कि वह बच्चे के साथ व्यस्त थी।

बावर्चिन : और उसकी मालकिन उन पोशाकों के बारे में परेशान थी, जो उसे साथ ले जानी थीं।

दूसरा वकील : *(जैसे कोई असर न हुआ हो)* और एक साल बाद ग्रूशा बच्चे के साथ एक पहाड़ी गाँव में पहुँची, और वहीं उसने शादी भी कर ली, एक...।

अजदक : तुम उस पहाड़ी गाँव में कैसे पहुँचीं ?

ग्रूशा : पैदल चलकर...और यह उस वक्त भी मेरा था।

साइमन : बच्चे का बाप मैं हूँ सरकार !

बावर्ची : बच्चे की मैंने भी देखभाल की थी, पाँच पियास्तर मिले थे सरकार !

दूसरा वकील : ग्रूशा और इस आदमी के आपसी सम्बन्ध को देखते हुए श्रीमन्, इसकी बात पर यकीन नहीं किया जा सकता।

अजदक : क्या तुम्हीं वह आदमी हो जिससे इसने पहाड़ी गाँव में शादी की ?

साइमन : नहीं सरकार ! इसने एक किसान से शादी की है !

अजदक : *(ग्रूशा की तरफ आँख का इशारा करते हुए)* क्यों ?

(साइमन की तरफ देखकर)

क्या ये आदमी साथ सोने लायक नहीं है ? सच-सच बताना !

ग्रूशा : बातें इतनी दूर तक नहीं पहुँचीं। बच्चे के कारण मैंने शादी की...कि इसे सर छुपाने को जगह मिल जाए।

(साइमन की तरफ इशारा करके)

ये लड़ाई पर था—सरकार !

अजदक : और अब ये तुमसे शादी करना चाहता है ! ऐं ?

साइमन : गवाही में मैं कहना चाहता हूँ कि...।

ग्रूशा : *(नाराजी से)* मैं अब आजाद नहीं हूँ, सरकार !

अजदक : तो फिर यह बच्चा, जिसे तुम अपना कहती हो—आवारगी का नतीजा है ?

(ग्रूशा जवाब नहीं देती)

मैं पूछता हूँ कि फिर ये किस तरह का बच्चा है ? क्या यह कोई ऐसा-वैसा गली-कूचों से उठाया हुआ बच्चा है ? या फिर किसी अच्छे घराने का है ?

ग्रूशा : *(नाराजी से)* यह सिर्फ एक मामूली बच्चा है !

अजदक : मेरा मतलब है, शुरू से ही इसके नाक-नक्श खूबसूरत थे ?

ग्रूशा : जी ! इसके चेहरे पर नाक थी !

अजदक : चेहरे पर नाक थी ! तुम्हारा यह जवाब महत्त्वपूर्ण है ! मेरे बारे में कहा जाता है कि एक बार फैसला देने से पहले मैं बाहर गया और मैंने गुलाब की झाड़ी को सूँघकर देखा। आजकल छल-कपट के ऐसे खेल बहुत जरूरी हो गए हैं। खैर, किस्सा-कोताह, कि तुम लोगों की झूठी बातों को मैं अब और नहीं सुनूँगा। *(ग्रूशा से)* खासतौर से तुम्हारी। *(ग्रूशा के साथ के बाकी सबसे)* मुझे धोखा देने के लिए तुम

लोगों की यह मिली-भगत ! मैं खूब जानता हूँ। तुम लोग धोखेबाज हो।

ग्रूशा : यह किस्सा बीच में ही तोड़ दिया गया है, मैं खूब समझती हूँ, मैंने अपनी आँख से देखा है कि घूस ली गई है।

अजदक : बको मत ! तुमसे मुझे कानी कौड़ी भी मिली है ?

ग्रूशा : *(जिसे बावर्चिन शान्त करने की कोशिश करती है।)* मिलती कहाँ से, मेरे पास रखा ही क्या है !

अजदक : सही बोलती हो, मुझे कंगालों से कभी कुछ नहीं मिला ! हो सकता है मैं भी भूखा मरने लगूँ। तुम्हें इंसाफ तो चाहिए, पर क्या तुम उसके दाम देने को तैयार हो ? गोश्तवाले के यहाँ जाती हो तो यह जानते हुए कि तुम्हें दाम देने पड़ेंगे...पर जज के पास ऐसे चली आती हो जैसे तेरहवीं का भोज हो !

साइमन : *(ऊँची आवाज में)* मसल मशहूर है कि घोड़े के नाल लगाए गए तो मक्खी ने भी पाँव बढ़ा दिया !

अजदक : *(चुनौती मंजूर करते हुए)* अपने नाबदान में पड़ा हीरा, पहाड़ी नदी में पड़े पत्थर से बेहतर है।

साइमन : मछुए ने चेंचुए से कहा—मौसम अच्छा है, चलो मछलियाँ मार लाएँ !

अजदक : नौकर बोला—मैं अपना मालिक खुद हूँ और उसने अपना पैर काट डाला।

साइमन : 'मैं बाप की तरह तुम्हें प्यार करता हूँ।' जार ने किसान से कहा और अपने बेटे का सर उड़ा दिया !

अजदक : बेवकूफ अपनी कुल्हाड़ी अपने ही पैर में मारता है !

साइमन : और पादनेवाले को अपना पाद इतर की तरह लगता है !

अजदक : अदालत में गन्दी भाषा इस्तेमाल करने के जुर्म में दस पियास्तर जुर्माना ! इंसाफ क्या होता है, यह सबक तुम सीख जाओगे !

ग्रूशा : इंसाफ की यह किस्म बहुत ही बढ़िया है। तुम हमारे ऊपर इसलिए टूट पड़ते हो कि हम उन लोगों जैसी लच्छेदार बातें नहीं कर सकते, जो वकीलों को लेकर आते हैं !

अजदक : बिल्कुल ! तुम जैसे लोग ठेठ गधे होते हैं...तुम्हारी गर्दन भी मार दी जाए, तो गलत नहीं होगा।

ग्रूशा : क्योंकि तुम बच्चा उसे दे देना चाहते हो...जो सिर्फ है अभिजात। इतनी ज्यादा अभिजात कि जिसे बच्चे के पोतड़े

तक बदल सकने की तमीज नहीं है। खुद तुम्हें भी इंसाफ की रत्ती भर तमीज नहीं ! तुमसे ज्यादा तो मुझे ही आता है। समझे !

अजदक : तुम्हारी बात में दम है। मैं तो जाहिल आदमी हूँ। इस लबादे के नीचे पहन सकने के लिए मेरे पास तो ढंग का घुटन्ना भी नहीं। तुम खुद देख लो। खाने और पीने में ही अपना सब चला जाता है। मैं 'गुरुकुल' का पढ़ा हुआ हूँ–यह बात याद आ जाने की खातिर तुम पर दस पियास्तर जुर्माना ! अदालत का अपमान करने की सजा, समझीं ! साथ ही यह भी कह दूँ कि तुम एकदम बुद्धू लड़की हो। तुम्हें चाहिए यह था कि आँखें मटकाकर, कभी-कभी कूल्हे हिलाकर मुझे खुश रखने की कोशिश करतीं, पर तुमने मुझे अपने खिलाफ कर लिया। बीस पियास्तर !

ग्रूशा : तीस भी कर दोगे, तब भी कहूँगी वही, जो तुम्हारे इंसाफ के बारे में मैं सोचती हूँ, समझे शराबी कीड़े ! तुम्हारी यह मजाल कि मुझसे गिरजे की खिड़की पर खड़े पागल ईसाइयों की तरह बात करो ! जब माँ की कोख से दुनिया में लाया गया होगा, तो यह उम्मीद नहीं की गई होगी कि एक दिन तुम अपनी माँ की ही हड्डियाँ तोड़ दोगे। इतनी-सी बात पर कि वह कहीं से मुट्ठी भर अनाज उठा लाई थी। क्या तुम्हें यह देखकर शर्म नहीं आती कि मैं तुमसे कितनी डरी हुई हूँ–तुम्हारा फैसला भाँपकर ! तुमने खुद को इनका चाकर बना दिया है ताकि इनके घर न छिन जाएँ, क्योंकि इन्होंने वे घर औरों से छीने हैं। घरों पर खटमलों का हक कब से माना जाने लगा ? पर तुम इन लोगों के झंडाबरदार बन गए हो...नहीं तो ये अपनी लड़ाइयों के लिए हमारे आदमियों को कभी न घसीट पाते !

(अजदक खड़ा हो जाता है। वह तमकने-सा लगता है। हथौड़ी से बड़े बेमन से, मेज ठुकठुकाता है, जैसे खामोशी चाहता हो। पर ग्रूशा फटकारती जा रही है और वह हथौड़ी से बीच-बीच में जैसे ताल देता है।)

मेरे दिल में तुम्हारे लिए अब जरा भी इज्जत नहीं है। डाकुओं-हत्यारों के लिए क्या इज्जत हो सकती है ? हाथ में छुरा लेकर वे अपनी मर्जी के मुताबिक कुछ भी कर

सकते हैं। तुम भी एक दफा नहीं, सौ दफा यह बच्चा मुझसे छीन सकते हो ! पर एक बात बता दूँ—तुम्हारे पेशे के लिए सिर्फ खून चूसनेवालों और बच्चों के साथ बलात्कार करनेवालों को ही चुना जाना चाहिए। ऐसे लोगों को सजा देने के लिए इन कुर्सियों पर बैठा देना चाहिए, ताकि वे अपने ही भाई-बन्दों के ऊपर इंसाफ नाम का जुल्म ढा सकें। फाँसी पर लटकाए जाने से भी बढ़कर यही सजा हो सकती है !

अजदक : *(बैठकर)* अब तीस होंगे, और अब मैं तुम्हारी इस चिक-चिक में उलझा भी नहीं रहूँगा—यह अदालत है, कोई भटियारखाना नहीं ! एक जज के तौर पर मेरी क्या इज्जत रह जाएगी ? तुम्हारे मुकदमे में अब मेरी कोई दिलचस्पी नहीं रह गई है ! वह मिया-बीवी कहाँ गए जो तलाक चाहते थे ?

(शौवा से)

उन्हें लेकर आओ। यह मुकदमा पन्द्रह मिनट के लिए मुल्तवी किया जाता है।

पहला वकील : *(गवर्नर की बीवी से)* अब फैसला अपनी जेब में है...और गवाहों को भी अब पेश नहीं करना पड़ेगा।

बावर्चिन : *(ग्रूशा से)* सारा मामला चौपट हो गया। तुमने सब खराब कर लिया—अब बच्चा मिलने से रहा !

(बहुत बूढ़े मियाँ-बीवी का जोड़ा आता है।)

गवर्नर की बीवी : शाल्वा, जरा सुँघनी देना !

अजदक : मैं लेता हूँ।

(बूढ़े-बुढ़िया समझ नहीं पाते।)

मैंने सुना है तुम तलाक लेना चाहते हो। कब से दोनों साथ रह रहे हो ?

बुढ़िया : चालीस बरस से, सरकार !

अजदक : और तलाक क्यों चाहते हो ?

बूढ़ा : हम एक-दूसरे को नहीं चाहते, सरकार !

अजदक : कब से ?

बुढ़िया : ओह, शुरू से ही, सरकार !

अजदक : मैं तुम लोगों के मामले पर गौर करूँगा, और दूसरा मुकदमा खत्म करके फैसला सुनाऊँगा।

(शौवा उन्हें पृष्ठभूमि में ले जाता है।) बच्चे को बुलाओ !

(वह ग्रूशा को इशारे से पास बुलाता है और झुककर कुछ अपनापन जताता है।)

मैंने महसूस किया कि इंसाफ के लिए तुम्हारे दिल में कुछ नाजुक भावनाएँ हैं। यह बच्चा तुम्हारा है, मुझे नहीं लगता। अगर यह तुम्हारा ही होता तो भी क्या तुम नहीं चाहोगी कि वो धनवान हो जाए ? तुम्हें इतना भर कह देना है कि यह तुम्हारा नहीं है...बस, इतना कहते ही इसके पास महल होगा, घुड़साल में सैकड़ों घोड़े, फाटक पर सैकड़ों भिखारी, सेवा में सैकड़ों सिपाही और इसके सहन में सैकड़ों जरूरतमन्द होंगे। बोलो, क्या कहती हो ? क्या तुम नहीं चाहतीं कि ये अमीर हो जाए ?

(ग्रूशा चुप रहती है।)

गायक : अब सुनिए कि लड़की गुस्से में भरकर क्या-क्या कहना चाहती थी पर बोली नहीं—

(गायक गाता है :)

जो सोने के जूते पैरों पर कसे हुए,
वह बुड्ढों, कमजोरों के सीनों पर चलता है !
खुद गर्दन तक डूबा रहता पाप-पंक में पूरे दिन,
पर वह हँसी उड़ाता है—
यदि कोई और गलत कुछ यूँ ही कर जाए !
पत्थर का दिल यदि खुद ढोना हो,
तो होता है कितना भारी !
कुछ बुरा अगर कर सकने की ताकत हो तो,
सद्इच्छा भी उससे जाती है बिल्कुल मारी !
भय नहीं भूख का उन्हें
कि जो भूखे मरते
गर अन्धकार की काली रातें आनी हैं तो भय
खाओ
जो सच्चे हैं वे नहीं रोशनी से डरते !

अजदक : मेरा खयाल है, मैं तुम्हें समझा गया हूँ !

ग्रूशा : मैं इसे नहीं दूँगी। मैंने इसे पाला-पोसा है, ये जानता है मुझे !

गवर्नर की बीवी : इसके तो चिथड़े लग गए हैं।

ग्रूशा : यह गलत है, मुझे इतना भी वक्त नहीं दिया गया कि इसे अच्छी वाली कमीज पहना पाती !

गवर्नर की बीवी : लगता है जैसे सुअरों के बाड़े में रहता रहा हो।

ग्रूशा : सुअर मैं नहीं हूँ; पर और हैं, जो हैं। कहाँ छोड़कर चल दी थी अपना बच्चा ?

गवर्नर की बीवी : अभी अकल सीधी कर दूँगी ! बदतमीज कहीं की !

(वह ग्रूशा पर झपटना चाहती है पर उसके वकील रोक लेते हैं।)

यह मुजरिम है...इसके कोड़े लगाए जाने चाहिए !

दूसरा वकील : *(उसके मुँह पर हाथ रखकर)* सुनिए, जरा सुनिए तो नताला आबाशविली—आपने वादा किया था—श्रीमान। वादी का धीरज अब...।

अजदक : वादी और अपराधी ! अदालत ने तुम्हारे मामले को सुना और यह तय नहीं कर पाई है कि इस बच्चे की असली माँ कौन है ! जज के नाते मेरा यह फर्ज हो जाता है कि बच्चे के लिए एक माँ चुनूँ। मैं एक इम्तहान लूँगा ! शौवा, खड़िया का एक टुकड़ा लाओ और जमीन पर एक घेरा खींच दो !

(शौवा एक घेरा बना देता है।)

अब बच्चे को बीच में खड़ा कर दो।

(शौवा बच्चे को खड़ा कर देता है। बच्चा वहीं खड़े-खड़े ग्रूशा को देखकर मुस्कुराता है।)

अब तुम दोनों इस घेरे के पास खड़ी हो जाओ।

(गवर्नर की बीवी और ग्रूशा घेरे के पास आती हैं।)

हाँ, अब जिसमें इतनी ताकत है कि वह बच्चे को घेरे से अपनी तरफ खींच ले, वही असली माँ है।

दूसरा वकील : *(फुर्ती से)* श्रीमन् ! मैं एतराज करता हूँ ! मेरा एतराज यह है कि आबाशविली की वे जायदादें, जो बच्चे के वारिस होने के नाते उससे जुड़ी हुई हैं, उनका फैसला इस खींचातानी के खेल के भरोसे पर छोड़ दिया जाना गलत होगा। साथ ही हमारी मुवक्किल सेहत के लिहाज से तगड़ी नहीं है, जितनी कि यह औरत है, जो शारीरिक मेहनत की आदी है।

अजदक : देखने में तो खासी खाई-पी तन्दुरुस्त लग रही है। खींचो !

(गवर्नर की बीवी बच्चे को घेरे से अपनी तरफ खींच लेती है। ग्रूशा उस बच्चे को खिंच जाने देती है और उसका हाथ छोड़कर सकते में खड़ी रह जाती है।)

पहला वकील : *(गवर्नर की बीवी को बधाई देता हुआ)* क्या कहा था मैंने ! खून का रिश्ता !

अजदक : *(ग्रूशा से)* तुम्हें क्या हुआ ? तुमने खींचा नहीं !

ग्रूशा : मैं इसे पकड़े नहीं रह पाई।

(भागकर अजदक के पास जाती है।)

सरकार, आपके खिलाफ जो कुछ मैंने कहा था, मैं सब वापस लेती हूँ। मुझे माफ कर दीजिए...इसे सिर्फ तब तक मेरे पास रहने दीजिए जब तक ये ठीक से बोलने-भर लगे...अभी तो इसे सिर्फ दो-चार शब्द ही आते हैं।

अजदक : अदालत पर असर मत डालो। मैं शर्त लगाता हूँ, खुद तुम्हें बीस से ज्यादा शब्द नहीं आते। अच्छा, तो ठीक तरह से तय करने के लिए यह इम्तहान एक बार और होगा।

(दोनों फिर खड़ी हो जाती हैं।)

खींचो !

(ग्रूशा फिर बच्चे को खिंच जाने देती है।)

ग्रूशा : *(निराश होकर)* मैंने इसे पाला है, और मैं ही इसे टुकड़ों में चिर जाने दूँ ! यह मुझसे नहीं होगा।

अजदक : और इस तरह अदालत ने यह सिद्ध कर लिया है कि असली माँ कौन है !

(ग्रूशा से)

अपना बच्चा लो और हवा हो जाओ यहाँ से। मेरी राय मानो तो इसे लेकर शहर में मत रहना।

(गवर्नर की बीवी से)

तुम तो फौरन दफा हो जाओ, इससे पहले कि धोखेधड़ी के जुर्म में तुम पर जुर्माना ठोंक दूँ। तुम्हारी जमीन-जायदाद इस शहर में शामिल की जाती है। जमीन को बच्चों के खेल का मैदान बनाने के काम में लाया जाएगा। बच्चों को उसकी जरूरत है। और मैंने यह भी तय किया है कि खेल का वह मैदान मेरे नाम पर होगा—अजदक क्रीड़ांगन !

(गवर्नर की बीवी बेहोश हो गई है। उसे सैनिक-सहायक लेकर जाता है। वकील उससे पहले ही निकल जाते हैं। ग्रूशा चुपचाप खड़ी है। शौवा बच्चे को उसके पास लाता है।)

अजदक : अब जजी का यह लबादा भी उतारता हूँ...यह बड़ी गरमी करता है ! सूरमा बनना अपने बस का रोग नहीं है। पर

विदा होने से पहले आओ; सब लोग नाच लें, उधर मेड़-किनारे घास पर। ओह, इस जोश में एक बात तो लगभग भूला ही जा रहा था ! तलाक के कागजों पर दस्तखत ही नहीं किए।

(कुर्सी को मेज की तरह इस्तेमाल करते हुए वह एक टुकड़े पर कुछ लिखता है और जाने के लिए तैयार होता है। नृत्य-संगीत शुरू हो गया है।)

शौवा : *(लिखा हुआ कागज पढ़कर)* पर यह तो गलत है ! तुमने उन बूढ़े-बुढ़िया को तलाक कहाँ दी है ? तुमने तो ग्रूशा और उसके पति को तलाक दे दी है !

अजदक : क्या मैं गलत लोगों को तलाक दे गया ? खैर...पर जो फैसला हो गया, वह कायम रहेगा। मैं कोई बात कभी बदलता नहीं, अगर बदलता रहूँ तो कानून और व्यवस्था रह ही नहीं जाएँगे।

(बूढ़े जोड़े से)

इसके बदले मैं तुम्हें दावत में आने का बुलावा देता हूँ। उम्मीद है कि तुम दोनों साथ नाचने का कुछ खयाल नहीं करोगे।

(ग्रूशा और साइमन से)

तुम्हारी तरफ मेरे चालीस पियास्तर निकलते हैं।

साइमन : *(अपना बटुआ निकालकर)* यह सौदा सस्ता ही पड़ा... आपका बहुत-बहुत शुक्रिया !

अजदक : *(पैसे रखकर)* मुझे जरूरत भी थी !

ग्रूशा : माइकेल, आज ही यह शहर छोड़ देना ठीक होगा, ऐं !

(बच्चे को पीठ पर उठाने ही वाली है कि साइमन से कहती है)

तुम्हे यह अच्छा लगता है ?

साइमन : *(बच्चे को अपनी पीठ पर लेकर)* हाँ, बहुत अच्छा लगता है।

ग्रूशा : अब आज मैं तुम्हें बताती हूँ। मैंने इसे इसलिए ले लिया था कि उसी ईस्टर के इतवार को तुमने मुझे जीवनसंगिनी बनाने का वचन दिया था और इसीलिए यह हमारे प्यार की औलाद है माइकेल, आओ...हम भी नाचें !

(ग्रूशा माइकेल के साथ नाचती है। साइमन बावर्चिन के साथ नाचता है। बूढ़े-बुढ़िया भी साथ-साथ नाच रहे हैं।

अजदक खयालों में डूबा खोया-खोया खड़ा है--जल्दी ही नाचनेवालों के बीच वह नजर नहीं आता। कभी-कभी दिखाई पड़ जाता है--वह दिखाई पड़ना भी धीरे-धीरे कम होता जाता है--जैसे-जैसे और जोड़े नाचने के लिए शामिल होते जाते हैं।)

गायक : उस शाम के बाद
अजदक फिर नजर नहीं आया
लेकिन ग्रूसीनिया के लोग नहीं भूल सके
अक्सर करने लग जाते हैं उसकी बातें !
उसका वह छोटा-सा युग न्यायशीलता का
वह स्वर्णिम युग जिसमें सब--
ठीक के करीब था :

(नाचनेवाले नाचते हुए चले जाते हैं, अजदक फिर नजर नहीं आता।)

लेकिन तुम सब
जिन-जिन ने सुनी कहानी यह
बस गाँठ बाँध लो, असली जो मतलब इसका :
उन्हीं को मिलेगा सब कुछ
जो कुछ जहाँ है, होगा उन्हीं का--
जो जीते-मरते और धारण करते हैं !
उन्हीं को मिलेगा वह सब कुछ--जो यहाँ है !
बच्चे उनको--
जिनकी छातियों में दूध के सैलाब उफन आते हैं
गाड़ियाँ उनको--
जिनके हाथ-पैर खुद पहिए बन जाते हैं !
औ, धरती उनको--
जो परती तोड़कर,
पसीने से सींचकर,
उसको हरी-भरी फसलों का ताज पहनाते हैं !

(अन्तसूचक संगीत)

●●●